LAISSEZ-MOI VOUS ATTENDRE

Originaire du Berry, Johan Duval grandit à Saint Amand Montrond, dans le Cher, au sein d'une famille unie. C'est en 1994, à l'âge de douze ans, qu'il se découvre un penchant pour l'écriture. Soutenu par ses proches, il écrit pendant son adolescence plusieurs récits à travers lesquels il réinvente sa vie qu'il juge parfois trop sage ou sans reliefs. Bachelier en 2000, il part étudier la géologie à Orléans, dans le Loiret, où il restera dix ans. Pendant cette période, il met l'écriture entre parenthèses pour se consacrer à la photo, son autre passion. Aujourd'hui, épanoui à La Rochelle, en couple, il décide de reprendre ses textes.

Retrouvez toute l'actualité de Johan Duval sur :

https://johanduval.wordpress.com/

JOHAN DUVAL

LAISSEZ-MOI VOUS ATTENDRE

Récit

© **JohanDuval, 2000**
ISBN : 978-2-9537762-1-8

Pour Emmanuelle G.,
parce que tu me pousses toujours
à donner le meilleur de moi-même et
aussi parce que c'est ton récit préféré à ce-jour.

1

Nina paya le taxi et s'engouffra tel un coup de vent dans la petite allée de la faculté de sciences. Elle gravit les marches, quatre à quatre, jusqu'au premier étage pour pénétrer dans l'amphithéâtre, toute essoufflée, par la petite porte du haut.

Les étudiants du dernier rang se retournèrent à son arrivée et lui firent comprendre par leurs regards, de ne pas se faire remarquer. Le prof ne semblait pas avoir noté le retard de sa nouvelle élève.

Nina fouilla l'amphi du regard à la recherche d'une place libre. Les seules disponibles étaient au second rang, elle grimaça, sûre de se faire repérer et mal voir dès le premier jour.

Tout doucement, accroupie derrière la dernière rangée de sièges, elle posa son sac de voyage gris bleuté et fit glisser la fermeture éclair, le plus silencieusement possible, pour en sortir son carnet et un stylo.

Le prof releva les yeux de son micro au bruit de la fermeture et réajusta ses petites lunettes, avant de reprendre l'explication de son expérience. Celle-ci était menée sur son ordinateur et retransmise sur un écran géant derrière son bureau par tout un enchevêtrement de câbles.

En sortant son calepin et de quoi écrire de sous un tas de fringues en boule, Nina se rendit alors compte que ses doigts étaient tachés d'encre bleue et jura entre ses dents, constatant que son stylo avait des fuites. Elle imagina alors ses vêtements relookés version blouse de peintre et grimaça. Quelqu'un à côté d'elle ricana de son malheur, et d'autres lui intimèrent le silence par leurs « chut » intempestifs.

Le prof se racla la gorge dans son micro et la personne prise de fou rire se leva le plus discrètement possible pour quitter la salle. Nina regarda la jeune femme sortir, une pointe de colère et d'irritabilité ombrageant ses yeux vert-noisette. Du coup, elle lui piqua sa place.

Imperturbable, le professeur Lamarque continuait sa démonstration d'une voix harmonieuse et marquant la volonté de mettre à profit ses connaissances. Nina savait qu'en biomécanique, il était de loin un des professeurs les plus réputés de l'Académie et ses cours étaient très largement reconnus dans l'enseignement supérieur. Sorti à vingt-six ans de longues années d'études en médecine avec son doctorat en poche, il enseignait depuis maintenant cinq ans pour financer des recherches personnelles.

— Pas mal, non ?

Cette voix murmurante était venue de la droite de Nina. Elle tourna la tête et vit son interlocutrice, une blonde décolorée avec une paire de jumelles miniature dans la main.

— De quoi ? demanda Nina en fronçant les sourcils.

— Le prof de bioméca, désigna-t-elle du menton en tendant ses jumelles.

Nina s'en saisit après avoir dévisagé son étrange voisine.

L'homme avait des cheveux bruns, courts et ébouriffés sur le devant, façon négligé intentionnel. Ses petites lunettes rondes lui donnaient un style d'intello séducteur. Son nœud de cravate mal fait pendant au-dessus de son col de chemise déboutonné s'accordait avec sa coiffure. Tout chez lui semblait être en contraste, un costume sobre adulte et une physionomie pleine de jeunesse, un visage fin aux traits doux montrant une expression de rigueur extrême et de dureté implacable, de beaux yeux clairs aux reflets impitoyables.

Sans savoir pourquoi, Nina fut émue par ce qu'elle vit.

Cet homme dégageait un charme incroyable, mais semblait inaccessible, inabordable et tellement loin de tout et de tous. Il paraissait être, d'ailleurs, totalement différent des autres. Toute normalité semblait exclue de sa personne : l'assurance de l'expérience s'opposait à sa jeunesse, un respect extraordinaire émanait de ce jeune homme qu'on aurait bien vu faire copain-copain avec ses étudiants, mais qui s'avérait trop en imposer pour qu'on ose même essayer toute familiarité avec lui. On lui aurait facilement donné cinquante-cinq ans si son corps fringant et athlétique n'avait pas trahi une trentaine tout juste méritée.

— Il est … étrange, souffla-t-elle en rendant les jumelles à sa voisine toute émoustillée.

— Mais si beau, s'extasia cette dernière.

Pendant l'heure et demie qui suivit, Nina but les paroles du professeur, ensorcelée par ce mystérieux personnage.

A la fin du cours, alors que l'amphi se vidait et qu'elle constatait les dégâts de l'encre dans son sac, elle entendit un « mademoiselle » froid et autoritaire résonner dans le microphone. Elle se redressa en constatant qu'elle était à présent seule dans l'amphi et que c'était bien à elle que le professeur Lamarque venait de s'adresser.

Il la fixait.

Avec un frisson, elle imagina ses yeux irrésistibles la détailler sans pitié derrière ses petites lunettes. Laissant ses affaires en plan, elle descendit vers l'estrade et le bureau de Lamarque. Il se tenait légèrement en retrait, assis derrière son pupitre.

— Je suis désolée, mais ma voiture a eu des ennuis méca…, tenta de se justifier Nina avant qu'il ne l'interrompit.

— Mademoiselle Savigny, je vous prierai à l'avenir d'être à l'heure à mon cours. Si vous avez des problèmes avec votre auto, servez-vous de vos jambes pour ne pas perturber mon cours.

— Oui monsieur, acquiesça la jeune fille en baissant la tête, presque honteuse. Je… je ne pensais pas que vous m'aviez remarquée.

— Il faut se servir des outils que la nature daigne nous accorder.

Nina le regarda, interloquée, sans trop comprendre, alors qu'il détournait la tête et se replongeait dans ses notes en l'ignorant. Elle recula de quelques pas en fouillant dans ses pensées, puis, devant l'indifférence de l'enseignant, retourna prendre son sac avant de quitter l'amphithéâtre.

Alors qu'elle déambulait dans le couloir, se dirigeant vers l'escalier pour rejoindre la sortie au rez-de-chaussée, son sac de voyage élimé à la main, Nina réfléchissait à ce que Lamarque venait de lui dire et décida de retourner lui demander directement. Après tout, il était professeur et elle était là pour apprendre.

Elle emprunta cette fois-ci la porte du bas et pénétra dans la salle à présent totalement vide. Avec désappointement, elle s'approcha du bureau et voulut s'y asseoir pour réfléchir une minute ou deux. En même temps, personne ne l'attendait nulle part et elle ne savait même pas elle-même où elle irait ensuite. Mais elle ne trouva pas de chaise.

Par contre, elle aperçut un carnet au pied du meuble, dans l'enchevêtrement de câbles allant de l'ordinateur à l'écran géant. Il s'agissait d'un carnet de notes verdâtre fermé d'un petit cadenas. Le nom « P. Lamarque » y était inscrit. Au bas de la quatrième de couverture était annoté en fines lettres blanches de bien vouloir le renvoyer en cas de perte à l'adresse indiquée juste en dessous.

Se sentant tout à coup toute excitée, Nina pressa l'objet contre sa poitrine palpitante. Il habitait à deux stations de métro de la fac. La perspective de réaliser

une bonne action germa instantanément dans son esprit.
Elle décida alors de s'y rendre sans tarder.

2

Une fois dans le métro, coincée au milieu des autres usagers, elle fut prise d'un effroyable doute.

Et si c'était une mauvaise idée ? Il devait déjà avoir une mauvaise opinion d'elle. Et si jamais il n'appréciait pas qu'elle entre dans sa vie privée en allant frapper à sa porte ?

Mais c'était peut-être là aussi sa chance de se racheter auprès de lui en lui ramenant quelque chose d'important à ses yeux. Il pouvait toutefois voir dans cet acte non pas la délicatesse ou la gentillesse du geste, mais un quelconque intérêt, comme celui de se faire pardonner son retard du jour.

Et puis, en sentant subitement une main lui peloter les fesses, elle se rappela qu'il était toujours mal vu qu'un professeur se retrouve seul avec une de ses élèves. Elle ne voulait pas lui apporter de problèmes. De plus, elle pourrait être, elle-même, encore plus mal vue si cela s'apprenait.

Comme elle ne bougeait pas, ne disant rien, la main qui lui tripotait les fesses se fit plus hardie et s'immisça petit à petit entre ses cuisses. Elle serra franchement les jambes pour emprisonner la main baladeuse et tordit violemment le premier doigt qu'elle attrapa.

Elle se retourna ensuite comme elle put mais ne distingua pas le malotru parmi cette foule de gens entassés les uns sur les autres. A proximité d'elle se trouvait un petit vieux et un jeune garçon. Tous les deux avaient les mains dans les poches.

Impossible de savoir si elle avait à faire à un vieux ou à un petit pervers.

Elle décida de leur faire face pour le reste du trajet, offrant peut-être son joli petit cul à de nouvelles mains sans gène comme c'était malheureusement fréquemment le cas dans ce genre d'endroit.

Le métro s'arrêta quelques minutes plus tard à la station où elle devait descendre. Elle hésita quelques secondes avant de s'extirper de cette boîte de sardines, manquant de se faire coincer par les portes qui se refermaient déjà sur elle.

Le carnet serré contre sa poitrine qui battait à tout-va, elle remonta mollement à la surface, assaillie par ses propres questions.

Qu'est-ce qu'elle allait lui dire ? Et lui, qu'allait-il lui répondre ?

Il n'était certainement pas homme à l'inviter prendre un verre pour la remercier, ni à la sanctifier pour sa bonne action. Elle le voyait plutôt la congédier froidement sans même l'esquisse d'un sourire. Après tout, il n'était pas sensé savoir qu'elle était seule au cœur de la nuit, sans moyen de transport et sans toit sous lequel dormir.

Nina s'arrêta, s'assit sur un banc et se mit soudain à sangloter, prise d'angoisse.

Quelle idiote, se dit-elle, se reprochant de ne pas être restée dormir à la fac et d'avoir choisi de se traîner dans un quartier inconnu à la tombée de la nuit. Tout ça pour ramener ce stupide carnet à un professeur méprisant et sans cœur, plutôt que d'attendre tout simplement le cours du lendemain. Il allait la prendre pour une idiote et lui reprocher de ne pas être allée mendier l'hospitalité chez une autre étudiante. Mais elle ne connaissait personne.

Elle sécha ses larmes, s'insultant intérieurement de sa faiblesse et de sa bêtise, et se releva. Elle se mit alors à la recherche du numéro de rue de monsieur Lamarque.

3

La maison était ordinaire, identique à toutes celles de ce quartier, comme sortie d'une chaîne de production d'une usine en série.

Elle sonna, non sans anxiété, à la porte et attendit. Dans un souci de faire bonne impression, elle resserra son chignon et remit les deux mèches bouclées qui encadraient son visage en place, de telle manière à masquer ainsi ses oreilles trop pointues à son goût.

Elle s'inspecta une dernière fois, redescendit un peu sa jupe qui était remontée à mi-cuisse et porta sa main au premier bouton de son chemisier. Elle hésita.

Que fais-tu ma cocotte ?

Qu'est-ce que c'était que cette attitude contradictoire : d'un côté elle redescendait sa jupe pour cacher ses cuisses et de l'autre, elle voulait montrer sa poitrine. Elle conclut cette introspection et, suivant sa première idée, détacha le deuxième bouton après celui du col ; après tout, les hommes avaient toujours les yeux qui s'égaraient dans ses décolletés. Elle écarta un peu les pans de son chemisier pour dévoiler son bustier qui lui remontait les seins.

Elle s'apprêtait à sonner une seconde fois lorsqu'elle entendit le verrou s'ouvrir derrière la porte. Son sac à ses pieds, elle croisa ses bras dans son dos. Un sourire qu'elle sentait faux et forcé, mais qu'elle voulait pourtant sincère, peint sur son visage, elle observa la porte s'ouvrir.

Elle n'aperçut pas le visage du professeur Lamarque là où elle s'attendait à le voir et marqua sa surprise en demeurant stupéfaite quelques instants.

Bouche-bée, elle découvrit, en baissant juste un peu le regard, un homme en fauteuil roulant. De cet angle-ci, le professeur Lamarque était composé de deux parties complètement opposées : la première au-dessus de la ceinture était musclée et athlétique, moulée dans un débardeur blanc, et la seconde se situait au-dessous de la ceinture dans un pantalon flottant qui semblait taire deux membres chétifs et inertes.

Elle eut alors envie de pleurer pour lui, elle qui l'imaginait en Don Juan. Elle avait maintenant du mal à garder l'image invulnérable qu'elle avait eue de lui et se sentit attendrie par son regard à la fois intrigué et excédé.

Loin d'être dupe, il lui demanda ce qu'elle voulait en repoussant la porte pour cacher son fauteuil, ne passant que sa tête par le chambranle. Nina bafouilla, cherchant dans sa tête à aligner des mots pour faire une phrase intelligible, mais en vain.

Lamarque soupira, la situation devait commencer à l'échauffer. Elle l'imaginait maintenant facilement susceptible et se vit partir de plus en plus mal avec son prof. La seconde approche serait encore pire que la première.

Elle finit par lui tendre dans la pénombre du pas de porte, en rougissant de honte, son carnet qu'il prit en fronçant des sourcils. Il ouvrit la porte et avança sur le perron. Examinant l'objet qu'elle lui présentait, son visage s'illumina en le reconnaissant. Il marmonna alors une formule de politesse ou de remerciement et, lâchant son carnet sur ses cuisses amaigries pour empoigner les roues de son fauteuil, il fit un rapide demi-tour sur lui-même en soulevant ses deux roulettes avant pour s'élancer à l'intérieur de son domicile.

Nina resta un instant figée sous le porche, terriblement confuse et embarrassée par sa propre réaction, déplacée, face à l'infirmité. Complètement abattue, elle se sentait stupide et comme ces filles superficielles qui méprisent et se moquent des personnes différentes d'elles-mêmes. Pourtant elle savait qu'elle n'était pas de celles-ci.

Elle s'éloigna de quelques pas de l'entrée et ses jambes tremblotantes se dérobèrent sous elle. Serrant dans ses bras son sac avec ses vêtements maculés d'encre et probablement immettables, elle se laissa tomber à genoux sur le trottoir. Elle reboutonna son chemisier, le pauvre devait lever les yeux pour voir au-dessus de son nombril.

Coupable, elle se sentait coupable et honteuse. Mais de quoi ? Elle ne le savait pas. Peut-être de déjà le qualifier de « pauvre », de juger sans savoir. Elle aurait dû réagir comme si de rien n'était, elle l'avait sûrement vexé ou pire encore, blessé, en réagissant bêtement.

Mais elle s'était faite une idée si fausse de lui, qu'après le portrait qu'elle avait cru discerner aux premiers regards, la claque avait été trop foudroyante pour pouvoir demeurer impassible. A présent, elle ne savait plus du tout quoi penser, comment lui parler par la suite, ni même comment poser les yeux sur lui.

Elle sentit soudain la tension mi-souple mi-raide du caoutchouc d'une roue contre sa hanche. Une main se posa sur son épaule et une voix douce et affable l'interpella :

— Mademoiselle ? Veuillez excuser mon incivilité. Prenez la peine d'entrer quelques minutes pour rattraper un mauvais départ.

L'homme arborait alors un tout nouveau visage, l'invitant à le suivre.

— Je dois bien l'admettre, je vous suis très reconnaissant de m'avoir rapporté ceci et je ne sais pas ce que je pourrais faire pour vous remercier, continua-t-il, la précédant dans son couloir.

Ils arrivèrent dans un salon bien tenu et très sobre dont l'espace, au centre bien dégagé, n'était pas rempli de meubles inutiles. Un petit canapé faisant face à un écran de télévision d'un autre âge en constituait d'ailleurs la seule assise.

Dans un coin de la pièce, s'affairait tout un réseau informatique. Un ordinateur était allumé sur un écran de veille sur lequel défilaient des formules chimiques, et de la bouche des imprimantes sortaient, dans un flot incessant de feuilles brouillons, des courbes et des graphiques.

Lamarque déposa son carnet sur une pile d'autres carnets identiques, et se retourna vers son étudiante qui s'était arrêtée au centre de la pièce, observant attentivement celle-ci dans toute son intégralité et sa simplicité. L'ensemble était propre et méthodiquement placé.

Lamarque lui désigna derrière elle une petite table adossée à un mur avec découpe donnant sur la cuisine, ainsi qu'une unique chaise. Les apparences laissaient entendre qu'il ne devait pas avoir pour habitude de recevoir du monde. Le jeune homme lui proposa à boire et lui servit le coca qu'elle avait accepté du bout des lèvres.

A présent, il lui paraissait totalement différent, arborant des expressions restituant des émotions à son visage, celui d'un homme comme les autres, enfin presque. Il n'affichait plus cette image détachée, aigre et inhospitalière.

— Alors vous êtes nouvelle ici ? lui demanda-t-il subitement en reposant son verre sur la table.

Elle répondit, tournant autour du pot :

— Oui, je suis arrivée aujourd'hui de la province et je ne connais pas encore très bien la ville.

— Ah oui ! Et vous avez de quoi loger ? la questionna-t-il en jetant un coup d'œil appuyé à son sac de voyage à moitié fermé.

Elle réfléchit comment formuler sa réponse pour l'amener à lui proposer son aide sans le lui imposer directement. En outre, elle commençait à se sentir coupable à l'avance de s'en remettre à un homme dont les problèmes étaient tels, qu'à côté, ses petits soucis d'étudiante un poil insouciante, lui paraîtraient insignifiants.

— Alors ? insista-t-il, reprenant son verre.

— Et bien pas pour l'instant.

— Et pour ce soir ? s'étonna-t-il.

— Je ne sais pas, fit-elle, embarrassée.

Il réfléchit en buvant puis alla jusqu'à son bureau ranger dans une pochette cartonnée les pages qui venaient d'être imprimées.

— Je vous conseille d'aller passer la nuit à l'hôtel, pour répondre à l'urgence, il y en a un très convenable au coin de la rue. Je pourrai passer vous y prendre demain matin, avant d'aller à la fac.

— C'est que…

Il s'approcha d'elle et sortit un portefeuille de sa poche. Il lui tendit alors deux cents euros en lui demandant de le rembourser dès qu'elle se serait établie.

— Ne soyez pas gênée… Nina, c'est ça ?…

Elle hocha la tête.

— … vous me vexeriez, lui fit-il en voyant sa mine confuse.

Il fit un demi-tour complet et se dirigea vers le téléphone au bout du couloir, d'où il réserva une chambre simple à l'hôtel voisin pour la nuit.

Nina épia le moindre de ses mouvements alertes et précis qui lui permettaient de se déplacer avec aisance dans ce fauteuil très certainement contraignant et dur à maîtriser au début. Elle étudia également le dessin des muscles puissants de ses bras nus qu'il avait assurément dû développer, spécialement pour pallier à la situation, et qui servaient de moteurs au fauteuil roulant non électrique.

Elle se mit alors à l'admirer dans toute sa puissance, à l'admirer pour sa facilité de déplacement dans de telles conditions, comme tous ces handicapés qui devaient s'adapter tant bien que mal, mais coûte que coûte à leur handicap, et qui le faisaient pour la plupart du temps, avec un franc succès dans l'ombre de leur nécessité.

— Est-ce que je pourrais vous demander une dernière petite chose, lui demanda-t-elle, mue d'une audace abusive, alors qu'il revenait vers elle.

— Faites.

— Il faudrait que je fasse une lessive. J'ai un stylo qui a fui sur mes vêtements dans mon sac.

— Décidément, ce ne devait pas être votre journée, fit-il avec une légère grimace, suivez-moi.

Ils sortirent du salon par un autre couloir qui devait mener à une chambre, et il l'invita à entrer dans une grande salle de bain qui servait également de buanderie. Au moment où elle y pénétra, à sa suite, elle le vit tirer précipitamment le rideau de douche autour de la baignoire comme s'il voulait cacher quelque chose. Il se pencha, accroché d'une main à l'armature de son fauteuil et déposa un paquet de lessive sur la machine à laver. Il la laissa ensuite seule dans la pièce, porte entrebâillée.

Après s'être assurée qu'il était retourné au salon, elle s'approcha, curieuse, de la baignoire et souleva le rideau de protection. Ce qu'elle découvrit la laissa étourdie, imaginant la scène qui allait avec le trapèze suspendu au-dessus de la baignoire. Celle-ci était également parcourue d'une rampe en fer sur le bord extérieur.

Elle se représenta alors le jeune homme, nu dans son fauteuil, s'appuyer à la rampe et s'accrocher au trapèze pour se déposer, ainsi que ses jambes comme deux longs poids fixés inutilement à son tronc, au fond de la baignoire.

Regrettant presque sa curiosité, elle retira le rideau et sortit son linge à laver en soupirant. Elle conserva au fond de son sac ses sous-vêtements et son linge fragile pour les laver à la main à l'hôtel, et mit la machine en marche.

De retour au salon, Nina trouva le professeur derrière son ordinateur et l'avertit du linge qui tournait. Sans détourner la tête, cliquant sur sa souris, il acquiesça, puis lui dit de repasser récupérer ses affaires le lendemain matin à sept heures trente, avant de partir pour la fac.

— Bien, je ne vais pas vous déranger plus longtemps, ne bougez pas je saurai retrouver la sortie.
Lamarque se détourna alors de son PC et avança vers elle.

— C'est bon, fit-il avec une pointe de vexation dans la voix, je suis peut-être en fauteuil mais je peux encore me déplacer comme je veux et quand je veux !
Il passa devant elle et la précéda jusqu'à l'entrée pour lui ouvrir. Lamarque se retrouva alors en travers du couloir, entravant le passage entre Nina et la sortie.

Ils se trouvèrent alors tous les deux un peu bêtes et embarrassés. L'encombrant fauteuil obstruait une bonne partie du passage et Nina se voyait bloquée derrière

Lamarque. Celui-ci tenta de se décaler, mais dans son énervement ne parvint pas à se replacer dans la longueur du couloir et empira la situation en se mettant complètement de travers. Nina se sentait de plus en plus mal à l'aise et n'avait qu'une envie : disparaître.

Elle posa avec précipitation une main sur une des poignées du fauteuil et l'enjamba sans se préoccuper une minute ni de sa jupe qui remonta sur ses cuisses, découvrant malicieusement le haut de ses bas, ni de son décolleté qui défila sous le regard de Lamarque. Elle ne s'en rendit compte qu'une fois sur le perron, constatant le teint rouge de son professeur.

Il s'excusa de son emportement en bafouillant, et, avant même d'avoir pu lui répondre, elle entendit le verrou se refermer derrière elle.

4

Nina se leva dans le même état d'esprit qu'au coucher. Elle minimisait ses problèmes : virée de là où elle pensait être encore chez elle par ses propres parents, sans logement ni connaissance et sa seule bourse pour revenu, en se disant que dans son malheur, elle n'était pas la plus à plaindre. En effet, il existait d'autres personnes, comme cet enseignant, qui avaient des raisons valables d'être malheureux et dont les soucis étaient autrement plus sérieux.

Elle se leva, s'étira et déambula jusqu'à la salle de bain dans le plus simple appareil. Ses sous-vêtements secs, elle les décrocha d'un fil à linge improvisé et baissa le chauffage de la pièce. Il était six heures et demie et elle s'accorda du temps pour prendre un bon bain chaud.

Lorsqu'il ouvrit les yeux, Lamarque avait toujours cette image qui s'était implantée dans son esprit avant de s'endormir ; celle du décolleté de Nina et du carré blanc de ses cuisses, au-dessus de ses bas, qu'elle lui avait involontairement dévoilés en passant par-dessus lui pour sortir. Il sentait une tension dans son bas-ventre, provoquée par l'état d'excitation auquel son sexe ne répondait pas.

Il tendit les bras au-dessus de son lit et saisit le trapèze fixé au plafond. Après une dizaine de tractions, il se souleva et pivota pour s'installer dans son fauteuil roulant qui l'attendait à côté du lit dont l'assise était spécialement à la même hauteur que celle du fauteuil.

Il recula un peu pour pouvoir attraper une par une chacune de ses jambes, afin de les placer dans les cale-pieds. Une fois correctement assis, il se dirigea alors vers la salle de bain où il recommença l'opération en sens inverse pour se placer sous la douche.

5

Nina sonna à la porte de Lamarque à sept heures et demie comme prévu. Et lorsque celui-ci lui ouvrit, plus que son infirmité, plus que son costume trop stricte inapproprié, ce qu'elle remarqua de plus important était ce regard, si particulier, qu'un homme peut parfois poser sur une femme. Un regard si intense qu'elle pouvait le sentir voguer sur les courbes de son corps.

Elle se sentit enfin heureuse et rassurée d'être revenue à un rapport normal entre un homme et une femme de leurs âges. Et elle regretta alors d'avoir agrafé chaque bouton de son chemisier. Il la salua poliment et retourna vers le salon en lui indiquant qu'il avait fait passer ses vêtements au sèche-linge et qu'ils devaient maintenant être prêts.

— Je me fais du café, vous en prendrez une tasse ?

— Si ça ne vous dérange pas. Je vais aller chercher mes affaires. Vous permettez ? demanda-t-elle pour la rhétorique.

Elle le laissa dans la cuisine pour se rendre dans la salle de bain. C'est avec une pointe d'émotion qu'elle découvrit qu'il s'était également donné la peine de séparer le linge qui pouvait être séché en machine de celui qui ne le pouvait pas.

Nina décrocha cette dernière catégorie de l'étendoir et mit de côté sur le rebord de la baignoire un pull angora et un pantalon qui ne nécessitaient pas de repassage. Elle plia les vêtements restant dans une grande poche plastique qu'elle déposa au fond de son sac de voyage.

Son réflexe fut ensuite de fermer à clef la porte de la salle de bain, mais elle se rendit compte qu'il n'y avait pas de verrou. Il s'agissait sûrement d'une mesure de sécurité en cas d'accident dans la baignoire, les autres portes de la maison devaient certainement en être pareillement dépourvues.

Tant pis, elle imaginait mal de toute façon cet homme à priori si droit et rigoureux en voyeur exacerbé. Elle déboutonna donc son chemisier et retira sa jupe et ses bas qu'elle remplaça par le pantalon qui était sur la rampe de la baignoire. Elle dégrafa ensuite son soutien-gorge pigeonnant qu'elle réservait spécialement pour le décolleté aguichant de son chemisier, pour en mettre un plus confortable et discret sous son pull.

Machinalement, elle contempla dans le miroir sa poitrine ferme et harmonieuse en passant ses mains sous ses seins, avec cette fierté toute féminine qui peut parfois prendre le dessus, surtout lorsqu'un homme est dans une pièce voisine. Elle termina ensuite de se vêtir puis rejoignit le salon où l'attendait un café à l'arôme velouté.

6

Lamarque s'écarta de la table et déposa les deux tasses vides dans la cuisine. Il attrapa sa veste accrochée au mur et prit sa sacoche sur ses genoux.

— Allons-y, fit-il.

— En métro ? hasarda maladroitement Nina alors que sa curiosité aurait très certainement été satisfaite quelques minutes plus tard, devant le fait accompli.

Il ne répondit pas et ferma sa porte d'entrée à clef après qu'elle fut sortie. Elle le suivit jusque dans un garage jouxtant l'habitation.

A l'intérieur, il ouvrit la portière avant d'une grosse voiture de marque américaine, se souleva de son siège à la force des bras et se mit à la place du conducteur. Une fois sa ceinture bouclée, il se pencha par la portière et attrapa son fauteuil, qu'il plia en un tournemain pour le poser sur le siège arrière. La portière se referma et le moteur se mit à ronronner. Tout fut exécuté avec une aisance insoupçonnable.

Lamarque se tourna vers Nina, indécise, près de la portière avant côté passager et lui dit sardoniquement, content de la voir interdite devant le fait qu'il conduisait en dépit de son infirmité :

— Alors ? Vous voulez toujours prendre le métro ?

Elle s'installa sans répondre à ses côtés, non sans observer avec une fascination naïve les commandes manuelles reliées aux pédales, près du tableau de bord.

Il enclencha la marche arrière et sortit de son garage.

— Allez-y, posez-moi la question qui vous préoccupe tant, concéda finalement Lamarque afin de briser le silence pesant qui régnait dans l'habitacle.

— Pourquoi vous dites ça ? feignit-elle de s'étonner.

— Parce que vous ne décrochez pas un mot et que vous m'avez l'air extrêmement gênée. Allez-y, je suis habitué à ce genre de réaction, surtout de la part de gens de votre âge.

— Je ne pense pas qu'il y ait tant d'écart que ça entre les gens de mon âge et ceux du vôtre, tacla-t-elle, piquée au vif.

Un léger sourire le dérida.

— Je vous en prie, ne soyez pas si sec, reprit aussitôt Nina. Je me sens un peu bête de vous ennuyer avec mes problèmes, alors que j'ai perturbé votre cours hier. J'ai bien eu l'impression que vous m'étiez, comment dire… quelque peu « hostile ». Et je vous dois beaucoup depuis hier soir.

— Laissez tomber pour le retard d'hier, j'étais irrité à cause de ce carnet que je croyais avoir perdu, alors qu'il était juste à mes pieds…, enfin à mes roues, corrigea-t-il avec une nouvelle pointe d'irritabilité, passant sa vitesse brutalement.

Nina le regarda tristement, voulant lui dire que c'était stupide de se faire ce genre de réflexions et que ça ne menait à rien, mais elle n'en fit rien. Elle ne se sentait pas en position de lui faire quelque remarque que ce soit.

Elle tenta de rétablir le dialogue en s'aventurant sur un sujet qui avait plus de chance de l'affecter :

— Et si ce n'est pas trop indiscret, c'était quoi ce carnet ? Des notes personnelles ? Des travaux ?

Il se lança alors dans un monologue sur la biomécanique dont elle ne sut s'il s'agissait là de sa réponse ou d'un cours théâtral.

7

Une fois devant le bâtiment universitaire, alors que Nina détachait sa ceinture et sortait du véhicule en le remerciant, il ajouta :

— Un accident de moto. C'est là que j'ai perdu l'usage de mes jambes. Un des nerfs rachidiens lombaires a été sectionné, les liaisons entre les nerfs et les muscles de mes jambes ne se font donc plus. Ça va faire bientôt sept ans que je travaille là-dessus pour pouvoir, un jour, marcher à nouveau.

Sur ce, il lui fit signe de refermer la portière et alla garer sa voiture sur le parking réservé aux enseignants, derrière le bâtiment principal.

Sans pouvoir s'empêcher de penser à lui, elle se dirigea d'un pas néanmoins décidé vers le bureau du CROUS, l'organisme s'occupant de la gestion des logements universitaires, afin de se trouver quelque chose comme un petit studio ou même une colocation. Après plusieurs heures de recherches, d'explications et de remplissage de paperasse, l'insipide assistante sociale parvint, avec l'aide de la conseillère du CROUS, à satisfaire sa demande.

Deux étudiantes avaient pris un logement universitaire ensemble, mais l'une d'elles avait fait faux bond à l'autre, qui se retrouvait ainsi seule à assumer les charges mensuelles. Celle-ci serait certainement ravie de se voir soulagée de la moitié du loyer.

Sa nouvelle colocataire se prénommait Cécile Giraud. Elle lui fit visiter en coup de vent le T2bis, qui se composait d'un petit séjour, d'une grande chambre séparée en deux par un simple paravent en bambou, d'une cuisine et d'une salle de bain commune, avant de partir pour ses cours en toute hâte.

Nina observa la petite brune qui s'éloignait d'un pas rapide et mal assuré dans le couloir, puis avança doucement dans le petit studio joliment décoré, peut-être un peu trop façon fleur bleue à son goût. La décoratrice semblait être une fille timide et assez introvertie, une sentimentale à la sensibilité à fleur de peau. C'est ce que l'agencement des pièces ainsi que le regard fuyant de sa colocataire et sa physionomie craintive et frêle avaient suggéré à Nina.

Après ces quelques réflexions « Dis-moi où tu habites, je te dirai qui tu es », Nina entra dans sa chambre, restée sobre et spartiate, et s'installa entre une petite banquette-lit bordeaux et une table de chevet acajou. Ceci ne lui prit guère de temps, ses vêtements se retrouvant rapidement dans l'unique placard ouvert de la pièce.

Elle déposa ensuite sur la petite table de nuit ses maigres effets personnels : un livre sur la biomécanique, ses lunettes de lecture, une vielle cocotte en papier recyclé ainsi qu'une plaquette de pilules qu'elle plaça dans le tiroir.

Ayant ainsi modestement pris possession des lieux, Nina s'octroya quelques minutes de détente avant de regarder l'heure. Elle abandonna son sac de voyage, encore pourvu de quelques bouquins, carnets de notes et autres fournitures de bureau, au pied du canapé à double fonction sur lequel elle se laissa choir.

L'assise n'était pas désagréable, elle pourrait toujours y dormir en l'état, les soirs où le courage lui ferait défaut pour déplier la fonction lit. Sentant une certaine lassitude la gagner, elle s'allongea et promena son regard dans son nouveau chez elle.

Il ne devait pas y avoir plus de neuf mètres carré mais l'espace avait au moins le mérite d'être vierge de toute empreinte préalable. Ses photos personnelles s'épinglaient au bambou du paravent. Ses livres menaient une bataille sans pitié contre ses vêtements pour conquérir chaque centimètre carré des étagères du placard. Pour compléter le tableau, un lapin blanc en peluche lui tenait compagnie, lui apportant soutien et douceur, calé contre sa joue dès qu'elle s'allongeait en quête de repos.

Ses yeux terminèrent leur chemin sur la table de nuit, et plus exactement sur sa cocotte en papier, l'extirpant de sa rêverie.

Le morceau de papier jauni lui rappelait son frère aîné. Il lui avait fait cette cocotte un jour de juillet, alors qu'ils s'ennuyaient chez leurs grands-parents. C'était peu de temps avant qu'il ne disparaisse, elle n'était encore qu'une toute petite fille.

La fâcheuse habitude qu'il avait de surnommée sa petite sœur « ma cocotte » irritait Nina au plus haut point, si bien qu'elle avait fini par lui dire qu'elle ne voulait plus, ni le voir ni l'entendre. Pour se faire pardonner, il lui avait alors confectionné cette cocotte en papier, lui précisant que si elle lui en voulait toujours, elle n'aurait qu'à la défaire pour pouvoir lire, dissimulées dans ses replis, ses plus plates excuses. Nina avait depuis longtemps regretté ce qu'elle avait pu lui dire, et jamais, elle n'avait déplié l'oiseau de papier.

Aujourd'hui, elle le soupçonnait même d'avoir écrit des sottises à l'intérieur, histoire de la faire enrager d'avantage si elle lui en avait vraiment voulu.

Aujourd'hui, elle regrettait tellement de ne plus pouvoir entendre ce surnom, autrefois détesté, sortir de sa bouche d'éternel adolescent, à jamais close par un conducteur imbibé.

— Ma cocotte…, murmura-t-elle avant de sentir les premières larmes pointer le bout de leur nez.

Il y a des handicaps qui sautent aux yeux. Le mien est ton absence. Il est ta vie effacée de la mienne. Il est dans cette petite cocotte que tu m'as laissée. Comme tu me manques…

Nina se redressa d'un coup, s'essuyant les yeux d'un revers de la main. Son portable se mit alors à sonner, lui indiquant qu'il était temps de quitter le studio.

Equipée d'un petit carnet et d'un stylo qu'elle glissa au fond de son sac à main, la jeune femme partit pour son prochain cours.

8

Après sa journée de cours, Nina rentra à l'appartement, quelque peu déçue de ne pas avoir croisé Lamarque afin de lui faire part de la bonne nouvelle concernant son logement.

Et tu crois qu'il en a quelque chose à faire, ma cocotte ?

En effet il ne devait pas s'attendrir sur le premier étudiant qui montrait des difficultés pour s'intégrer dans sa nouvelle vie sans papa maman.

En rentrant dans la cuisine, elle découvrit une tout autre personne. La petite brune qui l'avait accueillie dans la matinée avait troqué ses vêtements quelconques et fades d'étudiante en jeans et baskets, pour une tenue beaucoup plus féminine et sexy. Elle s'affairait dans la cuisine en jupe courte et chemisier blanc presque cristallin, laissant apercevoir les bretelles d'un soutien-gorge noir. Le bruit de ses talons hauts sur le sol rythmait ses allées et venues précipitées dans la préparation d'un casse-croûte. En quelques coups de pinceau, elle avait également effacé son air timoré, remplacé par un visage plus séducteur. Aussi l'exotisme de sa coiffure en palmier contrastait avec celle du matin où ses cheveux mi-longs étaient librement abandonnés au-dessus de ses épaules.

— Juste une question, avant que je ne me mette vraiment en retard, fit Cécile le plus simplement du monde. Est-ce que tu as un job ?

Nina répondit par la négative.

— Bon alors prends ça, lui dit-elle en lui déposant dans la main le sac avec le pique-nique, et suis-moi ! Je veux bien partager mon loyer avec toi mais pas si je dois te nourrir !!!

Nina suivit cette petite brune à présent pleine d'ardeur et de charme, jusqu'au parking souterrain de la résidence.

S'installant au côté de Cécile dans une petite citadine vert pomme, elle s'étonna une fois de plus des erreurs de jugements qu'elle pouvait se faire sur les gens lors de leur rencontre.

— Tu m'expliques où tu m'emmènes ? questionna Nina à sa nouvelle amie en cours de route.

— Ma soi-disante copine m'a laissée tomber... et pour l'appart et pour le boulot, ce qui fait de toi une sacrée petite veinarde aujourd'hui ! Si ça t'intéresse, tu pourrais travailler avec moi le soir.

— Et... tu fais quoi ? interrogea Nina, méfiante.

— Je suis serveuse dans un petit café sympa, pas très loin d'ici.

Nina comprit alors la raison de cette tenue si éloignée du personnage qui lui avait été présenté dans la matinée. Mais laquelle des deux Cécile était l'originale ? Dans cet ensemble, elle paraissait beaucoup plus sûre d'elle, beaucoup plus accomplie en tant que femme. Elle ne présentait plus cet aspect de faiblesse qui était flagrant plus tôt.

— En plus tu verras, c'est toujours bourré de mecs craquants ! ajouta la jeune femme comme pour finir de la convaincre.

9

Le petit café, à en croire son niveau sonore, bruyant mais toutefois chaleureux, semblait très coté. Il y avait beaucoup de monde et tout le personnel donnait l'air d'être débordé. Aussi, le patron, un petit homme au regard timide et aux cheveux blancs malgré un âge encore assez peu avancé, ne prit pas beaucoup de son temps pour l'engager et l'envoyer dans le vestiaire enfiler une tenue de serveuse identique à celle de Cécile.

Alors qu'elle se faisait expliquer les bases du service par sa nouvelle colocataire, elle remarqua que cette dernière se réalisait à travers son gagne-pain qui était, plus que ça, sa façon de vivre ce qu'elle était réellement.

Cécile lui lâcha subitement :

— Mais ce que je préfère dans ce boulot, c'est le contact, c'est très important tu verras. Il y a un homme qui vient ici pratiquement tous les soirs, il est beau, charmant, aimable comme personne et tout en douceur. C'est un vrai gentleman. Il prend toujours ses commandes auprès de moi et me laisse toujours de bons pourboires. Et quand il n'y a pas trop de monde, il se met à cette table près du comptoir, et comme ça on peut discuter un peu. S'il vient, je te ferai prendre ta première commande.

— Et qui c'est ?

— Je sais juste qu'il se prénomme Paul. Ici on l'appelle tous Monsieur Paul … Tiens ! Justement le voilà qui entre !

Nina, avec un petit sourire, s'étonnant de ne pas être plus surprise que ça, regarda le professeur Lamarque pousser la porte du café et avancer dans son fauteuil jusqu'à une petite table individuelle isolée.

Elle accompagna Cécile qui le salua :

— Bonsoir Monsieur Paul ! Comment allez-vous aujourd'hui ?

— Ça va Cécile, merci. Ça va, j'ai finalement retrouvé le carnet que je pensais avoir perdu, ajouta-t-il en jetant un coup d'œil à Nina qui se tenait légèrement en retrait.

— Je vous présente Nina, continua Cécile, toute joyeuse de présenter deux personnes qui semblaient chacune lui être chère, une nouvelle serveuse. Elle commence, vous êtes son premier client, je sais que vous saurez bien la traiter.

Puis elle partit en direction d'une autre table d'où un quadragénaire en costume gris l'appelait d'un signe de la main.

— Alors, qu'est-ce que vous prendrez, Monsieur Paul ? lui demanda Nina en accentuant son prénom.

— Un café, comme ce matin.

Elle acquiesça d'un large sourire et il conclut alors la prise de commande :

— Je suis content de voir que vous vous en tirez finalement bien.

Nina sourit plus timidement, puis rejoignit Cécile à la machine à café pour lui demander de lui montrer comment s'en servir.

— Comment le café ? questionna Cécile.

— Comme ce matin.

— Quoi ? Je n'étais pas là ce matin.

— Non, excuse-moi, je veux dire velouté, il a précisé avec plein d'arôme.

— Ok, comme d'hab', quoi.

Alors que Cécile lui montrait comment se servir de la machine, Nina lui demanda :

— Pourquoi ne pas m'avoir prévenu qu'il était en fauteuil ?

— Pourquoi ? Qu'est-ce que ça change ?

— Oh rien, c'est juste que je le connais.

— Ah bon !

— Oui, c'est un de mes profs, monsieur Lamarque, le prof de biomécanique.

— Désolée mais c'est pas trop le genre de cours que j'ai pour habitude de fréquenter.

Cécile prit la tasse de café des mains de Nina et lui conseilla d'aller voir auprès d'une autre serveuse comment fonctionnait la caisse enregistreuse, pendant qu'elle portait la commande au professeur qui s'était plongé dans une revue.

Tout en s'approchant de l'appareil qu'une des filles était en train d'utiliser, Nina regarda Cécile déposer le breuvage noir fumant sur la table de Lamarque qui la remercia chaleureusement. Il porta la tasse à ses lèvres et jeta un coup d'œil en direction de la jeune femme qui détourna son regard, sentant le rouge lui monter aux joues.

Lorsqu'elle referma la caisse, ayant compris son fonctionnement, Nina releva la tête en direction de la table de son professeur, mais l'homme n'y était plus.

10

Sur le chemin du retour, Nina questionna Cécile sur Lamarque :

— Ça fait longtemps qu'il vient dans ce café ?

— Qui ça, monsieur Paul ? Depuis que j'y travaille, je l'ai toujours vu y venir.

— Et il vient régulièrement ?

— Oui assez, ces derniers temps il est moins venu, je crois qu'il a eu des problèmes à propos de ses recherches, j'imagine que ça devait le tracasser. Et d'ailleurs, toi qui l'as comme prof, tu sais ce que c'est ses recherches ?

— Si tu me promets de ne pas le dire à tout le monde. Parce que je ne sais pas s'il me l'a dit comme une confidence ou non.

Nina s'expliqua :

— Je suis arrivée ici hier et je n'avais nulle part où dormir. Et il s'est trouvé que je suis tombé par hasard sur un carnet de notes qu'il avait égaré. Alors en lui rapportant, après avoir discuté, il m'a conseillé un hôtel où passer la nuit. Il m'a ensuite expliqué qu'il était paralysé depuis un accident et qu'il travaillait sur un projet pour pouvoir remarcher un jour.

— J'espère qu'il réussira, murmura Cécile doucement.

— Il me semble que tu l'apprécies énormément. Il y aurait quelque chose entre vous ?

— Non, c'est juste un très bon client, le plus sympa de l'établissement et en plus il laisse toujours de beaux pourboires.

— Et il ne t'a jamais draguée ?

— Non, mais par contre je mettrais ma main au feu que toi il t'intéresse pas mal.

— Qu'est-ce que tu vas t'imaginer là ! s'exclama Nina sur la défensive. Je me renseigne juste, j'avais l'impression qu'il te draguait.

— Je crois que tu te trompes de fille là, insinua Cécile en souriant à Nina qui s'était tournée vers la vitre.

11

Paul Lamarque entra dans sa salle de bain et se déshabilla. Il approcha son fauteuil contre la rampe de fer de la baignoire et, se servant d'elle, s'assit sur son rebord pour ouvrir les robinets d'eau chaude et d'eau froide en se penchant. Il pivota alors son torse pour attraper le trapèze surplombant la baignoire qui se remplissait petit à petit. C'est avec surprise qu'il découvrit alors un soutien-gorge noir, négligemment oublié dans un coin.

Intrigué, il prit délicatement le morceau de tissu satiné et l'éleva devant ses yeux. L'amusement remplaçant peu à peu l'étonnement en se rappelant la visite de sa nouvelle étudiante, il retourna le sous-vêtement et plaça chacune de ses mains dans chacun des bonnets pour en apprécier la profondeur. Un tressaillement au niveau de son entrejambe le fit sortir de ses pensées. Il porta le regard sur son sexe qu'il surprit à donner signe de vie pour la première fois depuis son accident.

Sentant son cœur se serrer au fur et à mesure que son sexe émergeait d'un long coma, Paul ferma les yeux pour se remémorer ce qu'il avait vu de ce qui allait dans ce soutien-gorge, la veille, tout en humant le doux parfum de chair dont le tissu était encore imprégné. Quand il rouvrit les yeux, ce fut pour constater avec une satisfaction indescriptible, un sexe érigé tel un monument commémoratif, fier et fort, mais qui commençait déjà à décliner à la façon d'une fleur se fanant.

Paul Lamarque déposa le soutien-gorge sur son fauteuil et se laissa glisser dans la baignoire en tremblant d'émotion. Il se laissa aller dans le bien-être du bain chaud, épuisé par ce réveil inattendu.

12

Lorsque Nina entra dans l'amphithéâtre le lendemain matin, elle vit Lamarque installé derrière son bureau, tapotant sur le clavier de son ordinateur. Elle avança jusqu'au milieu de la pièce sans détourner son regard du jeune professeur. Mais celui-ci, absorbé dans ses travaux, ne fit aucunement attention à elle. Et c'est avec une pointe de déception qu'elle se retourna pour prendre une des places libres des premiers rangs.

Nina s'installa puis le fixa du regard jusqu'à ce qu'il daigne enfin relever la tête, et peut-être l'apercevoir. Ce qu'il fit au bout de quelques minutes, mais il ne lui accorda pas même un sourire, ne répondant pas plus à son salut de la tête. En entrant dans cette salle, il était redevenu l'homme froid, distant et indifférent qu'il s'était montré être lors de leur premier contact.

L'amphithéâtre se remplit petit à petit et lorsque la sonnerie annonçant le début de l'heure retentit, Lamarque commença son cours. Cette fois-ci, celui-ci était plus théorique qu'expérimental et Nina découvrit une nouvelle facette de ce prof ; elle le vit plus ouvert, moins caché derrière son PC, elle le vit donner la parole à ses étudiants et discuter avec eux. Il leur parlait sans sévérité, leur montrant aimablement où ils se trompaient. Même si Lamarque semblait ne pas tellement apprécier la communication, il s'en sortait bien, et cela en dépit du fait qu'il y était un peu obligé de par son métier.

A la fin du cours, Nina se dirigea vers le bureau de Lamarque. Réajustant la bride de son sac sur son épaule, elle attendit qu'il lève les yeux vers elle pour lui parler.

— Tiens ! Mademoiselle Savigny ! Où est donc le petit tailleur sexy que vous portiez hier ! la devança-t-il.

Nina rougit et bafouilla un peu pour finalement le remercier pour l'aide qu'il lui avait apportée l'avant-veille.

— Non, non… c'est rien,… c'est…

Lamarque chercha ses mots, s'emmêla les pinceaux et ne parvint pas à terminer sa phrase, l'image du soutien-gorge et de la réaction qui en avait découlée venait de s'afficher dans son cerveau. Nina fouilla dans sa tête pour trouver quelque chose à ajouter tout en triturant la bride de son sac, pendant que Lamarque faisait tourner nerveusement un crayon entre ses doigts. Son cours terminé, il semblait avoir perdu de son invulnérabilité.

Nina brisa le silence en le saluant :

— Bon, et bien je vous laisse. Peut-être à ce soir !

Elle sortit avant d'entendre sa réponse et alla tout droit dans les toilettes se passer un peu d'eau fraîche sur le visage.

13

Le soir venu, Nina se rendit à son nouvel emploi avec sa nouvelle amie, Cécile. Sans savoir pourquoi, elle sentait son cœur se serrer au fur et à mesure qu'elle se rapprochait de l'établissement : serait-il déjà là, l'attendant ? Ou arriverait-il après, discrètement, pendant qu'elle servirait, insouciante ?

Nina se rendait de plus en plus compte que cet homme ne la laissait pas indifférente. Il y avait quelque chose qui l'attirait chez lui, c'était irrésistible. Et comme une gosse, elle commençait à se raconter des histoires.

Lorsqu'elle entra finalement dans le café, elle fouilla la salle du regard. Et ce fut avec une grande tristesse qu'elle constata qu'il n'était pas là à l'attendre. Elle en conclut qu'elle se faisait des idées quant à lui et ce qu'il pouvait bien penser d'elle. Il n'en avait probablement rien à faire.

Ce fut Cécile qui l'informa de son arrivée alors qu'elle servait un client à une table du fond. A ces mots, Nina se retourna si brusquement qu'elle déstabilisa le plateau qu'elle tenait à la main. Celui-ci se renversa sur le devant de son chemisier et de son petit tablier, l'aspergeant de café brûlant. Le petit cri qu'elle poussa et le fracas des tasses brisées attirèrent l'attention de toute la population du café sur elle.

Confuse et honteuse, elle se retira vers le comptoir en rougissant et en se confondant d'excuses, pendant que Cécile prenait en charge la table qu'elle aurait dû servir. Son patron l'accueillit en riant joyeusement :

— Ça finit toujours par arriver tôt ou tard, surtout au début !

— Je suis vraiment désolée, excusez-moi…

Nina se noya dans des excuses auxquelles son patron mit gentiment fin :

— Allez ! Ce n'est pas grave, c'est déjà arrivé plusieurs fois à chacune des filles. Va plutôt voir dans la loge s'il y a une tenue de rechange.

14

— Bonsoir Monsieur Paul ! lança gaiement Cécile en se présentant devant le jeune homme, après avoir nettoyé l'accident de Nina partie se changer.

— Bonsoir Cécile.

— Je ne sais pas ce que vous lui enseignez, mais ça lui fait un drôle d'effet ! lui confia-t-elle en baissant la voix.

— Comment ça ? demanda-t-il d'une façon qui se voulait intriguée et amusée pour cacher son trouble réel.

— Ce qui s'est passé tout à l'heure, vous pouvez vous dire que vous en êtes la cause, lui glissa-t-elle.

Lamarque jeta alors instinctivement la tête vers la porte des vestiaires où se trouvait Nina.

— Oh ! Mais c'est qu'il rougit ! s'exclama d'un coup Cécile, laissant sa voix monter subitement dans les aigus.

Lamarque sursauta et la pria de se faire plus discrète quant à ses remarques, et se justifia en accusant la chaleur.

— C'est ça, c'est ça ! Je vais vous chercher un café ! ironisa la petite serveuse en riant.

Lorsque Nina fut de retour, Cécile lui confia le café de Lamarque :

— Tiens, c'est pour Mr Paul. Je crois qu'il préfèrera que ce soit toi qui le lui apportes.

— Comment ça ? fit mine de s'étonner Nina.

— Tu m'as très bien comprise, allez va !

Nina s'approcha alors de Lamarque, son plateau en main.

— S'il vous plaît, ne le renversez pas sur moi, je serais obligé de partir pour me changer ! plaisanta-t-il.

— Non ! Ne vous moquez pas s'il vous plaît !

— Vous prenez un café avec moi, lui proposa-t-il, comme pour s'excuser.

— Ce serait avec plaisir, mais pour l'instant il y a du monde, et je ne pense pas que l'on me le permette pendant mon service.

— Après votre service alors. J'ai tout mon temps, demain je n'ai pas de cours à assurer.

— Je ne sais pas…

Il insista :

— Laissez-moi vous attendre.

Elle lui sourit, sourire qu'il lui rendit.

Tout au long de la soirée, Nina jeta de brefs coups d'œil en direction de Lamarque, espérant que le bar se vide plus vite que son quota de patience. Aux alentours de minuit, alors qu'il ne restait guère plus de cinq personnes, Nina posa son tablier blanc et vint s'asseoir timidement, anxieuse, à la table de Lamarque, alors affairé à griffonner dans un de ses petits carnets.

— Vous êtes patient. Vous tenez tant que ça à m'offrir un café ! dit-elle, l'arrachant subitement à ses équations.

— Euh… disons qu'un premier plateau renversé, ça se fête selon moi, répondit-il, pris de court.

Nina secoua la tête en soupirant.

— Non, non ! Ce n'est pas honteux, reprit-il sans lui laisser le temps de se défendre. C'est un baptême, soyez-en fière !

— Vous en avez de drôles vous !

Il se pencha au-dessus de la table, l'incitant à en faire de même pour entendre ce qu'il allait lui dire :

— Je voulais vous le dire quand vous m'avez apporté mon café mais je n'ai pas osé…

Nina sentit soudain son cœur s'emballer, battre la chamade. Elle percevait une chaleur se concentrer sur ses joues et supplia le ciel pour que cela ne se voit pas.

— … mais votre chemisier est mal boutonné. On voit votre soutien-gorge !

Nina ne put s'empêcher de rougir franchement, mais elle ne fut pas la seule. Afin de dissimuler son embarras, Lamarque baissa la tête pendant qu'elle s'empressait de réajuster son corsage.

— Vous n'êtes pas comme d'habitude, lui fit-elle alors remarquer.

— C'est que j'ai eu une bonne surprise, admit Lamarque en baissant à nouveau la tête pour cacher un sourire.

— Ah ! Dans vos recherches ? Elles aboutissent ?

— Non ! C'est plutôt personnel…

— Ah ! Excusez-moi ! Ça ne me regarde peut-être pas !

— Si justement ! Vous y êtes pour beaucoup !

Leurs regards se croisèrent et s'emparèrent l'un de l'autre, remplaçant ces mots qu'on s'échange. Chacun comprenait que quelque chose était en train de se passer. Nina désirait ce moment magique, mais cela venait si facilement que c'en était surprenant, presque inconcevable. Quant à lui, il ne pouvait nier l'effet que lui faisait cette jeune femme, à en juger par l'étonnante et subite résurrection de son organe sexuel. Il avait failli lui annoncé ceci d'un seul coup, sans prévenir, sans réfléchir, comme s'il désirait lui confier l'événement extraordinaire qui s'était déroulé la veille dans sa salle de bain. Nina l'observait, attendant qu'il se lance dans les confidences, le cœur au bout des lèvres.

Cécile arriva soudainement, rompant le charme et la magie de l'instant, pour prendre sa dernière commande avant d'arrêter son service :

— Bon, Nina ! Je suis crevée, j'ai fini pour aujourd'hui, je vais rentrer.

— Ah… fit Nina en laissant voir sa déception.

— Comment tu vas rentrer ? lui demanda ensuite sa colocataire.

— Si je ne veux pas rentrer à pied, je vais devoir y aller avec toi…

— Si vous me permettez, intervint Paul Lamarque, je pourrais vous raccompagner. Vous ne voudriez pas m'avoir fait attendre si longtemps pour si peu ?

Présenté de la sorte, soit Nina acceptait, soit elle pouvait rentrer sur le champ pour aller culpabiliser sous la couette.

— J'accepte, vous ne me laissez guère le choix, ni l'un ni l'autre.

Cécile se pencha alors sur son oreille et lui susurra :

— Avoue que ça t'arrange !

— Chut ! Tais-toi ! chuchota-t-elle en s'agitant.

Cécile se recula un peu en rigolant et détacha son tablier. Lamarque la regardait, à moitié sûr de quoi il en retournait.

— Puisque c'est ça, avant de partir, est-ce que tu pourrais prendre notre commande ? se vengea Nina.

Cécile soupira :

— Allez ! On n'est pas à un ou deux cafés près ! Ce sera quoi ?

Nina se tourna vers Lamarque qui invitait :

— Ce sera deux Irish coffee.

— Pour fêter le premier plateau par terre ! C'est noté !

Nina se redressa sur sa chaise et les scruta tous les deux avant de s'exclamer :

— Mais ! Vous vous êtes ligués contre moi ou quoi ?

Lamarque se joignit à Cécile pour rire. Cette dernière insinua en s'éloignant vers le comptoir :

— Ne t'inquiète pas, je crois qu'au final tu seras bien contente d'avoir échappé ce plateau !

— Qu'est-ce qu'elle veut dire par là ? s'intrigua Lamarque.

— Oh ! Ne faites pas attention à ce qu'elle dit. Dites-moi plutôt pourquoi vous êtes resté si tard, ce n'était sûrement pas pour m'offrir une tasse de café ?

— Et pourquoi pas ?

— Ça pourrait paraître bizarre ou ambigu aux yeux d'une tierce personne, comme Cécile par exemple.

— Vous… vous croyez que je vous drague ? se défendit Lamarque en fronçant des sourcils.

— Non… enfin… je ne sais pas. Pour d'autres ça le serait pour moins… marmonna Nina sans le regarder dans les yeux.

Une serveuse leur apporta leurs deux Irish coffee.

Lamarque reprit pour se justifier :

— J'ai eu avec vous une approche particulière par rapport à celle que j'ai pu avoir avec d'autres de mes étudiants. Disons que bien que vous me soyez pratiquement inconnue, les circonstances ont fait que nos routes se croisent en d'autres points que ceux prédéfinis par l'académie.

Nina le regardait, intriguée, en buvant son café brûlant et enivrant.

Il continua son explication quelque peu maladroite et confuse :

— Vous m'êtes apparue si démunie il y a deux jours, sans même un toit pour dormir, comme si je me devais de m'intéresser à ce que vous devenez.

— Tout ça… Je ne pense pas mériter tant d'attention de votre part, Mr Lamarque.

— Paul. Appelez-moi Paul en dehors des cours. Moi je crois que vous vous trompez. Pourquoi ne la mériteriez vous donc pas ?

Nina, gênée, ne savait plus où se mettre. Etait-ce le breuvage alcoolisé ou leur promiscuité, elle sentait la température de son corps monter en flèche. Elle eut à cet instant l'impression que le train de la conversation sortait de ses rails, et qu'ils risquaient un accident imminent. Elle sauta en marche et s'excusa alors :

— Je suis désolée mais il se fait tard. Il va falloir que je rentre, j'ai des cours demain matin.

— Exact, je vous prie de m'excuser pour mon attitude égocentrique, je ne pense une fois de plus qu'à moi…

— Non, ce n'est pas grave.

Elle se leva tandis qu'il déposait un billet sur l'addition. Machinalement, elle saisit les poignées de son fauteuil pour le pousser vers la sortie. Mais Paul empoigna violemment les roues et s'arracha à elle. Elle comprit immédiatement son erreur : il était évident qu'il n'aimait pas être pris en charge comme un invalide. Pourtant, c'était bien ce qu'il était, malheureusement. Et quand elle le regardait, elle était bien obligée de baisser la tête pour regarder cet homme assis dans son fauteuil médical. Il ne marchait pas, il roulait, et ça, même avec la meilleure volonté du monde, Nina ne pouvait faire abstraction de ce fait.

Ils sortirent l'un après l'autre et se dirigèrent vers la voiture du jeune homme sans un mot.

15

Lamarque s'arrêta devant l'entrée du campus. Nina fit le tour de la voiture pour saluer le professeur qui avait baissé la vitre de son côté. Elle lui tendit la main en souriant. Il lui répondit d'une façon forcée ou gênée, mais qui ne semblait pas naturelle. Nina se laissa néanmoins emporter par le contact de cette poignée de mains. Sa peau était douce et tiède alors que sa poigne musclée tenait prisonnière sa frêle main de femme.

Elle le remercia pour la soirée et prit congé. Mais au moment où elle s'apprêtait à gravir les marches du perron de sa résidence, il l'appela de sa voiture. Elle se retourna pour l'écouter :

— Je suis désolé ! Si je vous ai attendu, c'était pour une chose bien précise et voilà que j'allais oublier ! Je voulais vous dire que vous aviez laissé du linge dans ma machine.

— Ah !

— Il se fait tard ce soir, mais vous n'aurez qu'à passer demain dans la soirée pour le récupérer, si vous voulez.

— D'accord, merci, je passerai en allant au café avec Cécile.

— Si ça ne vous dérange pas, je pourrai vous y conduire après, proposa le jeune homme.

— Peut-être, on verra... En attendant, encore merci pour cette fin de soirée.

Nina accompagna ces dernières paroles d'un petit signe de la main avant de disparaître dans le hall du bâtiment.

16

Le lendemain dans la soirée, Nina demanda à Cécile de partir un peu plus tôt afin de la déposer chez Lamarque avant d'aller travailler. Cécile accepta d'un simple sourire.

Nina frappa à la porte de Lamarque. Elle attendit quelques secondes avant d'entendre le cliquetis du verrou qu'on tournait. Le jeune homme était tel qu'elle l'avait découvert la première fois qu'elle s'était rendue chez lui, il portait un jogging et un débardeur. Il était cependant mouillé, sans doute venait-il de prendre une douche, ou plutôt un bain dans sa situation, pensa finalement Nina.

Il fronça des sourcils puis retira ses petites lunettes rondes pour en essuyer la buée avec son débardeur. Nina ne put alors s'empêcher de regarder chaque centimètre carré de peau qui était visible. Le jeune homme était joliment musclé. C'était sans doute devenu une nécessité après son accident, pour se débrouiller seulement avec la partie supérieure de son corps. Il remit ses binocles et dit en souriant :

— Ah ! C'est vous, je ne vous avais pas reconnue avec cette buée sur mes lunettes et avec vos cheveux ainsi détachés.

Il marqua un léger temps d'arrêt devant l'air contemplatif de la jeune fille et remarqua son teint rosé :

— Tout va bien ? Vous faites une drôle de tête.

Prise la main dans le sac ma cocotte ! pensa Nina en se mordant les lèvres.

A-t-on idée aussi d'ouvrir dans une tenue aussi débraillée !

Non, elle se ressaisit et tenta de cacher son trouble derrière un grand sourire accompagné d'un très qui-sonne-faux :

— Oui-oui ça va, merci ! J'ai couru un peu, je ne voudrais pas arriver en retard au boulot.

— Hum, votre amie Cécile n'est pas descendue ? demanda Lamarque en se dévissant le cou pour regarder derrière elle, dans la rue.

— Mais… il me semblait que vous m'aviez proposé de m'emmener ! s'exclama Nina oubliant tout trouble, subitement prise d'un effroyable doute.

Il réfléchit un instant, puis se frappant le front du plat de la main s'exclama :

— Merde ! J'avais complètement oublié !
Il fit brusquement demi-tour et se dirigea avec hâte vers la salle de bain.

— Ne vous inquiétez pas, je me change et je vous conduis tout de suite.

Nina pénétra dans la maison puis referma la porte derrière elle, vexée d'avoir été ainsi laissée pour compte. Elle se laissa tomber violemment dans le petit canapé du salon. Jetant son sac à main à ses côtés, elle en sortit un crayon pour se refaire un chignon dans un geste de colère. Elle entendit alors un grand fracas provenant de la chambre. Intriguée et abandonnant toute colère pour céder à l'inquiétude, elle demanda en bafouillant :

— Est-ce que tout va bien ?

— Oui... je suis... presque prêt ! lui répondit Lamarque, essoufflé.

Celui-ci semblait avoir quelques difficultés à s'habiller dans la précipitation.

— Vous voulez peut-être de l'aide ? tenta Nina en se relevant.

— NON !

La réponse fut immédiate et virulente.

Nina soupira et s'approcha de l'ordinateur allumé. L'écran affichait les paramètres de ce qui semblait être une simulation ou une expérience.

— Qu'est-ce que c'est le programme sur l'ordi ? l'interrogea-t-elle.

— Oh, laissez, c'est un programme de simulations qui me pose encore quelques problèmes. Je n'arrive à rien de probant avec. Il doit y avoir une erreur dans la programmation ou je ne sais quoi...

Nina, intriguée, s'assit au bureau et fouilla dans le disque dur pour trouver les bases du programme. Elle s'y connaissait plutôt pas mal en algorithme, et survola donc celui du software en question.

Lamarque finit par sortir de sa chambre, en nage, et franchit le couloir pour entrer dans la salle de bain.

Nina sursauta en entendant les portes se fermer et s'ouvrir. Elle referma rapidement les fenêtres qu'elle avait ouvertes, et s'écarta de l'ordinateur, le laissant tel qu'il était avant d'y toucher. Elle se posta devant la bibliothèque et fit mine de s'intéresser aux livres. Nina entendit alors les roulettes du fauteuil couiner sur le parquet. Elle se retourna.

Lamarque lui tendait un soutien-gorge soigneusement plié ! Nina se rappela alors ce qu'il lui avait dit la veille : « … vous aviez laissé du linge dans ma machine… ». Mais elle se rappelait bien qu'elle n'y avait mis aucun de ses dessous justement. Cela voulait dire qu'il avait trouvé le soutien-gorge posé quelque part, négligemment, et qu'il voulait faire passer cette négligence pour un vulgaire oubli. Sur l'instant, il semblait tout aussi gêné qu'elle. Son regard fuyait le sien.

Lorsqu'elle reprit le sous-vêtement noir, elle le reconnut, c'était celui qu'elle portait en arrivant, et qu'elle avait retiré pour se changer le matin en récupérant sa lessive. C'était un oubli par mégarde, mais cela impliquait qu'elle s'était déshabillée dans la salle de bain de son professeur. C'était certainement pour cela que Lamarque avait voulu le faire passer pour un simple oubli de lessive.

Nina serra le bout de tissu dans ses mains qu'elle cacha dans son dos, troublée par la situation. Lamarque changea de sujet, pas plus à l'aise qu'elle :

— Il ne fallait pas le prendre mal, ça vous allait bien aussi, les cheveux détachés.

La jeune fille ne fit même pas attention à la remarque, et tourna les talons en s'éloignant vers la porte d'entrée :

— Allons-y ou je vais finir par vraiment être en retard.

Quand Lamarque s'installa au volant, Nina était déjà ceinturée côté passager, le regard perdu par la vitre, et serrant son soutien-gorge contre son ventre. Le jeune professeur sentit à ce moment là une sensation étrange au niveau de la poitrine, comme si son cœur était dévoré entre les mâchoires d'un étau.

Ils n'échangèrent pas une parole pendant le trajet, perdus l'un comme l'autre dans leurs pensées.

17

Pendant toute la soirée, Nina sentit le poids du regard de Lamarque sur elle, et elle ne se sentit pas au mieux de sa concentration. Elle renversa trois plateaux et se trompa dans les commandes, ce qui à présent ne faisait plus rire les clients et encore moins le patron. Cécile observa les œillades que sa camarade envoyait à Lamarque, quand lui-même détournait son regard de la petite serveuse. Elle crut comprendre le malaise et alla trouver Lamarque.

— Bonsoir monsieur Paul.

— Bonsoir Cécile, comment ça va ?

— Oh moi ça va, mais c'est Nina, j'ai l'impression qu'elle est à côté de ses pompes.

— En effet…

— Sans vouloir me mêler de ce qui ne me regarde pas, je pense que vous y êtes pour quelque chose.

Lamarque s'arrêta de boire son café et reposa la tasse sur la table, pensif. Il leva alors les yeux vers Cécile, et, indécis, murmura :

— Vous croyez ?

Cécile hocha la tête. Elle regarda, un peu peinée, le professeur sortir, l'esprit visiblement ailleurs, sans dire un mot, sans jeter un dernier regard à qui que ce soit.

Quand Nina s'aperçut que Lamarque n'était plus là, elle reprit une attitude normale, bien que son absence, quelque part, lui laissât un arrière goût de trop peu. Mais cela n'empêcha pas son employeur de la garder un peu plus tard pour réparer les quelques dégâts occasionnés par ses étourderies. Elle persuada alors Cécile de rentrer sans elle, qu'elle se débrouillerait bien pour rentrer par ses propres moyens, que ce soit en métro ou même en taxi s'il le fallait.

18

De retour chez lui, Lamarque s'installa devant son ordinateur pour se changer les idées. Il relança une dernière fois son programme avant de s'en débarrasser pour en faire un autre, sans trop y croire. A sa grande surprise, le panonceau « *Error data base unvalid* » ne s'afficha pas et l'expérience s'effectua jusqu'au bout. Fou de joie, un cri s'échappa de sa gorge et il tapa du poing sur son bureau, avant de se prendre la tête à deux mains.

Une valse de questions commença alors à tourbillonner dans son crâne. Il alla voir dans les bases de son programme et vérifia son brouillon. Il trouva une modification qui se répétait par trois fois. Son algorithme avait été changé. Mais comment ? Par qui ? Il réfléchit. Peut-être… Oui, ça ne pouvait être qu'elle ! Ce ne pouvait être que Nina. Elle était la seule personne à être venue chez lui depuis qu'il travaillait sur ce programme. Et il se souvint qu'elle lui avait posé des questions sur celui-ci pendant qu'il s'escrimait à se changer en moins de cinq minutes.

Dans un élan passionné de joie, il reprit le cours de ses recherches avec une petite pensée perturbante pour Nina.

19

Après une petite mise au point de la part de son patron, Nina quitta les vestiaires du café en colère, laissant enfin seul le gérant à sa fermeture. La frustration d'avoir fait des heures supplémentaires en dédommagement de ses maladresses avait réussi à chasser ces nuages de confusion qui avaient obscurci son esprit tout au long de la soirée.

Nina baissa la tête lentement pour regarder ses mains. Ce n'était pas son sac à main qu'elle étreignait nerveusement entre ses doigts mais ce fichu soutien-gorge ! Et bien sûr pas de clés dans la pièce de lingerie !

— Et merde ! s'exclama-t-elle. Je l'ai oublié chez lui !

Elle se précipita alors vers la sortie et partit seule dans la nuit. Alors que le rideau de fer commençait à descendre dans un petit ronronnement électrique, son patron la regarda s'éloigner par la fenêtre en haussant les épaules.

Nina savait qu'elle ne trouverait pas de bus à cette heure tardive et le métro ne la tentait guère une fois passé minuit. Et de toute façon, elle n'avait pas d'argent sur elle. Elle se dirigea alors vers la maison de Lamarque à pied.

Une heure plus tard, elle frappait timidement à la porte du jeune homme. Sa montre affichait trois heures du matin et il devait certainement dormir.

Tu crains ma cocotte ! Il va te prendre pour une écervelée !

Rameuter toute sa résidence pour rentrer aurait été, avec un brin de réflexion supplémentaire, une bien meilleure option que de déranger un homme en fauteuil roulant en plein milieu de la nuit.

Elle quitta le perron et jeta un coup d'œil par la fenêtre ; au bout du couloir de l'entrée, elle distinguait de la lumière. Il lui fallait son sac, c'était une obsession aveuglante. La peur au ventre, elle posa la main sur la poignée de la porte principale. Elle appuya tout doucement, le plus silencieusement possible et poussa. Par bonheur elle était ouverte ! Son cœur tambourinant dans sa poitrine, elle avança, pieds nus, ses chaussures à talons à la main, dans la maison.

La lumière qu'elle avait entraperçue était celle de l'écran de l'ordinateur qui éclairait la pièce. Lamarque s'était endormi devant. Sa silhouette se détacha dans le halo du moniteur au détour du couloir. Il dormait paisiblement, la tête renversée sur le côté, dans son fauteuil.

Le rythme cardiaque de Nina s'emballa plus encore. Elle voulait récupérer son sac et disparaître sans laisser de trace. Ce fut sur l'accoudoir du canapé qu'elle le repéra grâce au reflet d'une boucle en métal.

Prête à repartir, une fois en possession de l'objet du délit, elle s'arrêta à l'entrée du couloir et se retourna vers Lamarque. Soudainement poussée par une force imperceptible et irrésistible, elle retourna dans la pièce près de lui et s'approcha du corps endormi. A la contemplation de son visage, paisible, à l'expression satisfaite, son cœur s'était remis à galoper dans sa poitrine.

Sa main s'était approchée malgré elle de la joue du jeune homme et elle la retira promptement comme brulée, le ventre noué, indécise et perdue. Puis tout se clarifia dans son esprit. Elle cessa de réfléchir et toutes ses inhibitions tombèrent.

Se penchant au-dessus de lui, retenant son souffle, elle déposa ses lèvres sur celles de Lamarque. Son contact l'électrisa, sa chaleur la brûla si fort qu'elle fit un bon en arrière. Sa respiration commença à s'affoler, au même rythme que son cœur. Elle prit le chemin de la sortie, sur la pointe des pieds, honteuse.

— Attendez !

Elle s'arrêta, pétrifiée, priant pour que ce soit le fruit de son imagination débordante.

— Merci !

Nina fronça les sourcils, n'y comprenant rien. Elle se retourna, tremblante comme une brebis égarée devant un loup affamé. Lamarque s'était réveillé. Il répéta avec un sourire plein de reconnaissance :

— Merci … pour le programme !

Nina respira, il ne s'était pas aperçu de son écart de conduite.

— De… de rien, il faut que je rentre … J'a-j'avais juste oublié mon sac ! bafouilla-t-elle en levant à bout de bras son sac à main.

Alors qu'elle se retournait comme pour prendre la fuite, il la rappela :

— Il est tard, restez !

Nina s'arrêta à nouveau et se retourna.

— Je dormirai dans le canapé, fit-il en se dégageant du bureau.

— Non, protesta Nina, c'est moi qui y dormirai, je ne veux pas vous déranger.

Lamarque ne répondit pas, il savait, tout comme elle, que dans son état, il ne pouvait pas espérer dormir dans son canapé. Il quitta alors la pièce et revint avec une couverture et un oreiller.

Après lui avoir souhaité une bonne nuit en baillant, il se retira dans sa chambre. Un peu étourdie par le retournement de situation, Nina s'assit sur le canapé, posant une main sur la couverture, un simple drap blanc très épais. Elle s'affala dans son lit de fortune et se recroquevilla dedans.

Il fallait toujours qu'elle se débrouille pour se retrouver dans des situations improbables. Tout ça à cause d'un baiser volé, sans lequel il ne se serait certainement pas réveillé. Mais également sans lequel elle serait encore dans la rue à cette heure, à risquer de se faire agresser à chaque carrefour sans lampadaire, pour arriver chez elle une bonne heure avant que son réveil ne sonne ! A quoi bon !

La proposition de Lamarque, bien que faite dans des conditions pour les moins troublantes, était nettement plus intéressante. Finalement, elle avait bien fait de l'embrasser, elle était bêtement contente d'elle.

Elle commença à enrouler ses bas en souriant. Le jeune homme semblait avoir beaucoup changé vis-à-vis d'elle depuis leur chaotique rencontre. Il ne lui apparaissait plus aussi froid et indifférent aux autres. Nina ne visualisait plus avec discernement la barrière naturelle entre étudiant et professeur que la bienséance imposait. Tantôt devant, tantôt derrière, elle la franchissait involontairement au gré des événements.

Elle soupira d'aise. Son regard lancé en direction de la chambre vit la lumière s'éteindre. La maison était à présent plongée dans le noir, même si une lueur très discrète baignait le salon d'une pénombre incertaine. Visiblement, il n'éteignait jamais son ordinateur, celui-ci était sur veille et devait travailler en continu. Nina haussa les épaules en retirant son chemisier, après tout, son réveil aux diodes rouges beaucoup moins discrètes ne la dérangeait pas. Elle fit glisser sa jupe le long de ses jambes nues puis dégrafa son soutien-gorge.

Nina posa ses vêtements en tas au pied du canapé et se glissa sous la couverture, se recroquevillant en chien de fusil. Si elle oubliait ne serait-ce qu'un de ses vêtements, elle s'en rendrait vite compte, étant donné qu'elle n'avait pas de rechange, remarqua-t-elle en souriant avant de fermer les yeux sur l'oreiller moelleux.

20

Le lendemain matin, Lamarque se réveilla comme à son habitude, fit ses exercices, tant de maintien que de musculation, puis passa par la salle de bain.

Il enfila un peignoir éponge à même sa peau humide en sortant du bain et prit la direction du salon. Il aperçut Nina dans le canapé, profondément endormie. Doucement, il s'approcha d'elle. Plus la distance diminuait et plus sa pression sanguine augmentait.

Il se rendait compte au fur et à mesure de son avancée, que la jeune fille, sous la couverture qui ne la recouvrait plus qu'à moitié, était sans doute nue ou presque, comme pouvait en témoigner le tas de vêtements au pied du canapé.

Elle se trouvait sur le dos, une de ses jambes était sur la couverture, nue jusqu'au plus haut de la cuisse. Lamarque aperçut la bordure d'une petite culotte en coton noir. Un de ses bras pendait dans le vide et l'autre était replié sous sa tête. Il promena son regard le long de cette jetée de bras en partant du bout de ses doigts, jusqu'à son aisselle que précédait un sein gauche involontairement dévoilé.

Lamarque sentit sa gorge s'assécher d'un seul coup, un vent brûlant remplissant ses poumons. Ce qu'il voyait lui plaisait de façon indécente. Il culpabilisa bientôt de profiter du sommeil innocent de la jeune fille pour la détailler ainsi à son insu. D'autant plus qu'elle était son étudiante. L'idée de la faute professionnelle le ramena rapidement à la réalité. Des carrières entières, des réputations solides avaient parfois été jetées aux caniveaux sur ce genre d'égarement.

Il secoua la tête et avança la main vers la couverture pour la remonter. Mais il ne s'était pas assez approché d'elle et son maudit fauteuil ne lui laissait pas assez de marge de manœuvre. Il s'étira au maximum, ne tenant le drap que du bout des doigts pour le déposer au-dessus de ce sein candide. A bout de bras, en déséquilibre, son index et son majeur effleurèrent la peau tiède et douce autour du mamelon en déposant la couverture.

Nina poussa un soupir et se recroquevilla sur elle-même, se blottissant sous le drap. Lamarque était resté tétanisé, le bras levé au-dessus de sa tête, de peur qu'elle ne se réveillât. Il sentait son sexe qui bougeait timidement sous son peignoir, se gonflant timidement par à-coups, puis il retomba dans sa torpeur habituelle. Lamarque respira un grand coup et se dirigea en silence vers la cuisine pour faire du café.

Nina se retourna plusieurs fois sur elle-même avant de s'étirer en gémissant. Une bonne odeur de café chaud l'extirpait de sa léthargie. Elle ouvrit les yeux timidement et vit Lamarque qui se tenait près du canapé, face à elle, lui agitant une tasse de café sous le nez. Elle répondit à son sourire de la même manière et se redressa pour s'étirer à nouveau, levant haut ses bras au-dessus de sa tête, en baillant. Mais le geste fit tomber la couverture, dévoilant entièrement sa fière poitrine ainsi offerte à des yeux ébahis.

Lamarque la regardait bouche bée, incapable de détourner le regard malgré sa bonne éducation. Nina croisa promptement ses bras sur son buste en poussant un petit cri d'hébétude, se cachant derrière le drap. Elle se confondit ensuite en excuses :

— Je… je suis désolée… Veuillez m'excuser monsieur…

— Paul.

— Pardon ?

— Appelez-moi Paul.

— Euh… Je ne sais pas…, balbutia-t-elle, se trémoussant dans le canapé, ne sachant plus où se mettre. Je ne sais pas pourquoi il faut toujours que je me mette dans des situations pas possibles avec vous.

— Allons… ce n'est pas bien grave, je ne me sens pas plus à l'aise que vous.

— J'ai tellement envie de creuser un trou pour m'enterrer à six pieds sous terre, lâcha-t-elle au bord des larmes.

Il posa sa main sur sa joue et lui dit avec douceur :

— Allons, et puis si ça peut vous rassurer, c'est moi qui devrais avoir honte. J'ai l'impression d'avoir profiter de votre faiblesse.

Nina releva la tête vers Lamarque qui semblait peu fier. Il la regarda, gêné. Pendant un instant, il vit de la surprise dans son regard avant de la voir se mettre à rire.

— Quoi ? Qu'est-ce qu'il y a ? Qu'est-ce que j'ai ?

Nina se calma et lui répondit :

— Vous saignez du nez, on dirait mon petit frère de douze ans la première fois qu'il m'a vue topless à la plage !

Lamarque passa le dos de sa main sous son nez et y aperçut une trace rougeâtre. Il sourit et ajouta :

— Merci pour ta franchise et ta spontanéité.

Puis il se précipita vers la salle de bain en lui laissant les deux tasses dans les mains.

Nina réalisa subitement qu'il venait de la tutoyer, et que pour la première fois, elle avait été complètement naturelle avec lui. Une étape était franchie. Il revint et reprit sa tasse.

— C'est mignon le petit bout de coton dans la narine, fit-elle remarquer avec un sourire malicieux.

Il ne répondit pas, réfléchissant encore à la situation. La brève complicité semblait sur le point de s'envoler. Nina se sentit soudain à nouveau mal à l'aise. Elle regarda sa montre et s'exclama :

— Et zut, je vais être en retard à mes cours !

— Tant que ce n'est pas au mien.

Ils se regardèrent et sourirent.

— De toute façon, maintenant c'est foutu pour le premier cours de la matinée !

Après son café, Nina s'enroula dans la couverture, prit ses vêtements et alla se préparer dans la salle de bain.

Lamarque la déposa ensuite deux rues plus tôt en lui expliquant qu'il était préférable pour l'un comme pour l'autre qu'on ne les voit pas arriver ensemble une seconde fois. Elle acquiesça et sortit de la voiture.

21

Pendant la semaine qui suivit, Nina n'assista à aucun des cours de Lamarque et fit déplacer ses heures au café en journée pour s'assurer de ne pas le croiser un soir. Son but était de se faire un peu oublier pendant ces sept jours et de se mettre à l'épreuve, pour connaître enfin la vrai nature de ses ressentis vis-à-vis de lui. Nina perdait tous ses moyens en sa présence, elle se sentait embarrassée, mal à l'aise. Son cœur battait la chamade quand il la regardait avec un de ses regards, tout particulier, qu'elle aurait aimé pouvoir qualifier de « plein de tendresse ». Sa poitrine suffoquait quand il était tout près d'elle et son estomac se nouait s'il ne lui parlait pas, ou ne faisait pas plus attention à elle qu'à une autre.

Elle connaissait bien ces symptômes, il s'agissait des prémices d'une maladie qui naissait on ne sait quand, on ne sait pourquoi, et qui ne guérissait jamais de manière simple. Et ne pas voir Lamarque pendant cette semaine la fit encore plus souffrir. Enfin, le

dimanche, elle décida de mettre les choses au clair et
d'aller le voir.

22

Lamarque ouvrit sa porte, il était habillé comme un dimanche de fête. Il ne put dissimuler sa joie par un large sourire à la vue de la jeune fille :

— Nina ! Enfin des nouvelles de vous ! J'avais peur de vous avoir froissée la dernière fois.

— Non, ce n'est rien, ne vous en faites pas…, commença-t-elle avec un sourire rayonnant, avant d'être interrompue par une voix de femme venant du salon.

— Chéri ? Tu ne me présentes pas ton amie ?

Nina eut soudain l'impression de tomber dans un gouffre sans fond, une chute interminable dans les abîmes de la désillusion. Sa gorge se noua.

— Oui, maman !

Nina eut un soupir de soulagement que Lamarque ne vit pas. Elle accepta ensuite son invitation à entrer en souriant et le suivit dans le salon.

— Maman, je te présente Nina Savigny. C'est une de mes étudiantes.

— Enchantée ! Mademoiselle Savigny. Je suis très heureuse de voir qu'il n'y a pas que sa vieille mère qui vient rendre visite à Paul…

— C'est elle qui a débloqué mon programme.

— Oooh, mais c'est qu'elle doit être sacrément douée alors ! complimenta la maman qui s'avançait vers Nina pour lui serrer la main.

C'était une belle femme, posée, habillée chic, avec des cheveux noirs de jais, tirés en chignon parfait. Nina lui aurait donné la quarantaine, bien que logiquement, elle devait plutôt en avoir au moins une bonne dizaine de plus, étant donné l'âge probable de son fils.

— Vous savez, continua-t-elle, lui, il n'invite jamais personne. C'est un paria têtu et asocial !

— Merci maman, c'est toujours un plaisir de t'avoir à la maison, c'est si rare les compliments ! s'exclama Lamarque de la cuisine d'où il rapportait le café.

Nina sourit et ajouta :

— Vous savez, il passe pratiquement toutes ses soirées dans un café où je travaille, à draguer les petites serveuses !

Madame Lamarque se mit alors à rire, d'un rire agréable et chaleureux, en tapotant l'avant-bras de Nina par-dessus la table.

— C'est faux, protesta-t-il, servant le café, ce sont les serveuses qui draguent le client dans cet établissement.

Nina lui lança un regard de jubilation. Lamarque le vit, ses yeux pétillaient.

23

Madame Lamarque les quitta en fin d'après-midi, après s'être fait une joie de raconter à la nouvelle amie de son fils les péripéties de son enfance. Une fois de nouveau tous les deux, Lamarque s'installa en face de Nina.

— Nina, j'ai bien réfléchi, j'ai une proposition à vous faire.

Elle le regarda intriguée et affolée :

— Pourquoi vous ne me tutoyez plus ?

Il fronça les sourcils et continua :

— Est-ce que tu veux travailler avec moi ?

— Comment ça ?

— Dans mes recherches, je pense qu'on ferait une bonne équipe. Je ne suis pas un informaticien, je suis juste un biomécanicien. Et j'ai un peu de mal avec la conception des programmes dont j'ai besoin. Tu penses pouvoir m'aider à ce niveau-là ?

Le coude sur la table, le menton posé sur son poing, Nina réfléchit une minute symbolique avant d'accepter :

— Pourquoi pas ? Ça sera toujours mieux que des cours.

— Parfait.

Lamarque la prit par la main et l'entraîna immédiatement vers son ordinateur.

24

Pendant les mois qui suivirent, Nina et Paul unirent leurs cerveaux sur les travaux du scientifique. Le travail qu'effectuait Nina l'intéressait beaucoup, elle apprenait en même temps bien plus sur la discipline avec ces programmes que durant ses cours. Et de plus, elle recevait le plus beau salaire à ses yeux. Elle partageait le projet, le rêve, une partie de la vie de l'homme qu'elle aimait, et se sentait utile et nécessaire. Les liens entre eux se resserrèrent et la gêne qu'il y avait auparavant disparut au fil du temps pour laisser place à une nouvelle complicité.

Cependant, un jour d'orage, la tension électrique présente dans l'air fit sauter les dernières barrières.

25

— Nina ? Il faut que je te dise quelque chose.

— Oui, quoi ? fit-elle en détournant la tête de la fenêtre.

— C'est à propos de moi et de mes travaux.

Comme il était hésitant, elle se remit à regarder la pluie tomber à travers le carreau.

L'orage persistait depuis plus d'une heure et Paul venait de terminer de se plaindre au sujet des données éventuellement perdues lors de la coupure de courant. Ils étaient restés ainsi, lui près de son bureau, elle près de la fenêtre plus loin, à se disputer à demi-mot à propos de cette coupure d'électricité. Nina, énervée par la mauvaise humeur et l'agressivité du jeune homme, avait fini par lui crier que ce n'était pas la fin du monde. Puis ils s'étaient tous les deux tus.

Elle l'avait ensuite regretté amèrement. Il était évident que pour elle, la perte de quelques données n'était qu'un gâchis de travail et de temps. Alors que pour lui, il s'agissait d'une partie de lui-même qui risquait de s'effacer. Son avenir, l'avenir de ses jambes était peut-être dans ces données. Elle s'en voulait à présent incroyablement de cette indélicatesse. Elle n'aurait pas dû réagir si rapidement, instinctivement, et pendant la fraction de seconde où sa pensée devint parole, elle avait oublié qu'elle s'adressait à un handicapé. A présent, elle savait au plus profond de ses entrailles que ce qu'il avait à lui dire ne leur plairait ni à l'un ni à l'autre.

— Quelqu'un s'est enfin intéressé à mes travaux. Un certain Mark Weller de l'université d'Harvard. Ça faisait longtemps que j'attendais une éventuelle invitation des Etats-Unis. Le laboratoire de recherches d'Harvard propose de subventionner mon projet. C'est une chance inouïe pour moi de pouvoir me consacrer pleinement à mes travaux, alors qu'ici je n'ai pas même l'appui du CNRS. Je n'avance pas très vite…

…

Nina ne répondit pas. Lamarque plissa les yeux pour mieux la distinguer dans l'encadrement de la fenêtre. Grâce à la faible lueur de la bougie qu'il avait trouvée en dépannage, il vit que son poing s'était resserré sur les rideaux. Il ajouta d'une voix terne :

— J'ai un avion qui part après-demain. J'ai déjà donné ma démission au doyen. Je dois donc faire mes valises dès demain.

— C'est pas ce qu'on appelle la fuite des cerveaux, non ? Et vous comptiez m'envoyer une carte postale de là-bas pour m'en faire part ? répliqua-t-elle sèchement.

— Nina, ne te fâche pas, je te l'ai dit. Comment voulais-tu que je te l'apprenne ? Crois-moi, depuis que je le sais, chaque jour a été une torture, à repousser l'échéance pour te l'annoncer, par peur de ta réaction…

pour ce résultat… déclara-t-il dépité en roulant vers elle.

Comme elle ne répondait toujours rien, il continua :

— Tu crois peut-être que je ne me suis pas rendu compte de ce qui se passe entre nous depuis ton arrivée ? Les chercheurs ne sont pas réputés pour être doués dans le relationnel. Pourtant, j'ai bien vu que quelque chose s'installait entre toi et moi.

Lamarque était arrivé aux côtés de Nina, il approcha sa main ouverte de sa hanche.

— Il pleut dehors et mes joues sont mouillées, dit-elle en laissant tomber de sa bouche sa main vers celle de Lamarque.

Il tira sur son bras et la fit s'asseoir sur ses genoux. Il lui enlaça la taille alors qu'elle entourait ses bras autour de ses épaules. Nina enfouit sa tête dans le creux de son cou pour pleurer.

— Paul ?

— Oui ?

— Je suis amoureuse de toi…

— Pourquoi dis-tu ça ? se plaignit-il en la serrant contre lui, sans s'émouvoir davantage du soudain tutoiement.

— Parce que malheureusement, c'est la vérité et…

Elle s'interrompit et plongea son regard dans le sien, réduisant petit à petit la distance entre leurs deux visages. Il tressaillit. Les éclairs de l'orage illuminaient par saccades cette scène romantique en noir et blanc.

Paul avala difficilement sa salive, ses yeux cillèrent. Dans sa position, il se sentit pris au piège, aucune possibilité pour lui de se dérober ni d'esquiver l'inévitable. Même s'il avait réussi à brider jusque là ses ressentis les plus intimes au sujet de la jeune femme, celle-ci venait de prendre le dessus au propre comme au figuré sur lui, et la bouche entrouverte qui approchait maintenant inexorablement de la sienne lui renvoyait, comme un miroir, ses propres désirs.

Nina inclina légèrement la tête et ses paupières se fermèrent tandis que du bout de ses lèvres, douces et moelleuses, elle s'appropriait celles, plus tendues, de son professeur qui, néanmoins, ne résista pas. Dans un élan incontrôlé, sa main droite s'empara de Paul, au plus profond de sa tignasse, pressant son visage contre le sien. Du bout de la langue, elle s'immisça entre ses mâchoires encore crispées, et entraîna l'organe homologue du jeune homme dans un tour de piste audacieux.

Nina sentit son corps frémir sous la pression qu'exercèrent soudainement les mains de Paul sur ses hanches, puis au creux de ses reins. A contrecœur, elle scinda le mariage de leurs lèvres, pour lui murmurer :

— Si tu dois partir, fais-moi une faveur, s'il te plaît.

— Tout ce qui sera en mon possible, acquiesça-t-il, se remettant de la vive émotion qui venait de le transpercer.

Elle se redressa et s'installa à califourchon sur lui, passant une jambe par-dessus chaque accoudoir. Saisissant son visage entre ses mains, elle s'approcha de son oreille et lui souffla :

— J'ai envie de toi…

Les cinq mots lui firent le même effet qu'une décharge de défibrillateur en pleine poitrine et son rythme cardiaque s'emballa de plus belle. Il ne parvint à masquer son embarras et détourna la tête, gêné.

— J'ai peur de ne pas bien comprendre…

Elle approcha ses lèvres des siennes et, lui passant les mains dans les cheveux, répéta :

— J'ai envie de toi…

Ce désir était de plus en plus palpable. La pression de ces doigts dans sa chevelure. La promiscuité de cette bouche entrouverte. Ce bas-ventre contre le sien. Lamarque ne pouvait nier l'évidence plus longtemps.

— C'est que de ce côté là, ce n'est pas la grande forme.

Il soupira devant son regard interrogateur avant de se justifier :

— Depuis mon accident... Je ne sais pas si j'en suis encore capable. En fait la question ne s'était encore jamais posée jusqu'à maintenant.

— Et théoriquement ?

— Dans la théorie, oui, mais dans la pratique, le facteur psychologique joue un grand rôle. Je ne peux malheureusement rien te promettre.

— Je prendrai ce que tu me donneras…

26

Nina se redressa et retira son pull. Paul la dévorait des yeux comme un enfant devant une friandise. Elle approcha sa poitrine, l'offrant à tous ses sens en éveil et guida ses mains jusqu'à l'agrafe de son soutien-gorge.

Coïncidence ou marque du destin ? Il s'agissait de celui qu'elle avait oublié chez lui la première fois.

Il libéra de leur carcan de dentelle ses seins qui se révélèrent royalement à cinq centimètres de son visage. Passant ses bras autour de son cou, elle le pressa contre son cœur.

Paul redécouvrait la douceur et la tiédeur d'un corps féminin, un corps qu'il n'avait plus touché depuis sept ans. Tout en caressant son dos, il frottait la peau de son visage contre celle de la jeune fille. Les embrassant avec douceur, la pointe de ses seins se durcissait sous les caresses de sa langue, entre ses lèvres.

Nina se détacha de lui, promenant toujours ses mains aux longs doigts agiles dans ses cheveux, caressant son cuir chevelu autour de ses oreilles. Les paumes du jeune homme firent le tour de son buste, appréciant au passage la fine peau de sa poitrine.

La jeune femme descendit de ses genoux et s'agenouilla à côté de son fauteuil. Elle avait l'impression qu'il retenait son souffle. La tension était très grande, ils ne discernaient plus les coups de tonnerre de leur cœur tambourinant dans leur torse.

Elle tenta de le rassurer d'un regard plein de tendresse. Il comprit son dessein et lui sourit timidement. Lui caressant la cuisse elle s'approcha des boutons pression de son pantalon. Délicatement, elle défit les cinq attaches une à une en faisant glisser ses doigts fins le long du passage qui s'ouvrait de plus en plus.

Paul portait un caleçon noir sans fermeture boutonnée. Nina introduisit lentement sa main à l'intérieur du pantalon et la posa sur le renflement chaud du sous-vêtement. Les mains de Lamarque se resserrèrent sur les accoudoirs de son fauteuil. Contrairement à son propriétaire, son sexe était complètement détendu. Nina écarta la fente avant du caleçon.

Dans l'obscurité, elle ne voyait presque rien, excepté pendant les brefs instants où les éclairs zébraient la pièce de leurs flashs éphémères et puissants. Elle progressait à tâtons, ne se laissant guider que par son toucher. Ses doigts entrèrent en contact avec une toison chaleureuse, un entremêlement à la texture harmonieuse de poils bouclés, rudes et doux à la fois.

Tout en jouant à enrouler le bout de ses doigts dans ces boucles, elle descendit jusqu'à la base du pénis. La respiration de Paul s'amplifia soudain. Comme pour le rassurer, elle déposa sa seconde main sur l'une des siennes, et l'étreignit. Leurs dix doigts s'entrelacèrent pour ne faire qu'un. Son autre main se referma alors autour du timide membre, jusqu'à ce qu'il soit bien calé contre sa paume.

Lamarque tremblotait dans son fauteuil, et Nina lui pressa la main plus chaleureusement. De l'autre, elle entreprit de faire coulisser son sexe, dont elle sentait le battement du sang affluant, dans le fourreau que constituaient ses doigts. Le membre donnait des signes de vie. Son prépuce qui en protégeait le gland apparaissait entre ses doigts. Avec le mouvement de va et vient, le gland se montrait, frottant contre le mont de Jupiter, puis disparaissait sous le repli de sa main.

Nina s'approcha, se penchant gracieusement sur l'entrejambe de Paul pour y déposer un baiser du bout des lèvres. Elle descendit lentement sa main, tirant le prépuce vers le bas, et découvrant ainsi l'extrémité du sexe qu'elle se mit à embrasser délicatement.

La respiration de Paul était complètement désordonnée. Il haletait comme s'il avait couru un sprint, même si la comparaison était ici peu subtile.

Elle referma ses lèvres autour du sexe de Paul et le fit glisser doucement et progressivement dans sa bouche jusqu'à sa base.

La respiration de Paul était maintenant plus rythmée, les inspirations et expirations étaient très brèves et pressantes, emballées. Elle entendait les grincements du fauteuil provoqués par les contorsions de son buste, les tressaillements de ses muscles.

Nina essaya d'imaginer ce qu'il ressentait alors qu'elle sentait le membre prendre de l'ampleur dans sa bouche sous l'effet de sa langue. Elle y parvint. En général, les hommes, à ce stade, étaient pris d'une envie instinctive, incontrôlable et voire parfois frénétique de bouger le bassin pour accélérer la cadence, c'était ce que les pulsions de Paul le poussaient à faire mais sans résultat.

Nina dut libérer la base de la verge qui était maintenant trop importante pour tenir entièrement dans sa petite bouche. Sans arrêter de la caresser du bout de la langue, elle fit glisser le membre hors de sa bouche, promenant ses lèvres de part et d'autre de la hampe. Elle s'attarda un peu plus sur le gland turgescent, qui faisait presque crier Paul à chacun des passages humides de sa langue. Avec sa main, Nina entreprit un mouvement masturbatoire énergique pour parfaire son érection. Elle faisait glisser ses lèvres et sa langue sur le sexe de Paul, sur toute sa longueur, avec le plaisir indescriptible que lui procurait son amour pour lui. Elle faisait glisser ce sexe, maintenant si présent, dans sa bouche avec une intention si résolue, avec une incommensurable envie de satisfaire, qu'elle ne se rappelait pas avoir déjà eu auparavant. Elle désirait plus que tout rendre Paul heureux, qu'il oublie pendant quelques heures son fauteuil, et qu'il profite de ses facultés d'homme, d'un homme face à une femme. Ce n'était pas son sexe qu'elle embrassait, qu'elle caressait, qu'elle dévorait, c'était lui tout entier.

Discrètement, et sans s'en rendre compte, son autre main avait abandonné celle de Paul, pour se retirer sous sa jupe, glisser entre ses cuisses et s'insinuer doucement entre le tissu de sa petite culotte et la peau brûlante de son sexe attisé. Elle se caressa, promenant ses doigts entre les lèvres qui s'ouvraient comme l'éclosion d'une rose libérant quelques perles de rosée matinale. Elle se savait prête à le recevoir, son esprit l'avait secrètement préparée pour l'accueillir au plus profond d'elle, tant physiquement que mentalement.

Paul lui attrapa soudainement la tête, alors qu'elle emprisonnait son sexe jusque dans sa gorge, pour lui intimer d'arrêter :

— Stop ! S'il te plaît, je n'en peux plus, arrête !

Il semblait exténué. Nina se redressa et caressa le visage de Paul avec la main dont elle s'était servie pour se caresser. Il ferma alors les yeux et inspira cet effluve sauvage et excitant. Ses doigts humectés de cette rosée sensuelle se promenaient sous son nez. Le parfum était envoûtant et suavement musqué. Il prit alors tour à tour dans sa bouche, chacun des cinq doigts de la main gauche de Nina, pour les lécher avec gourmandise.

Pendant ce temps, Nina faisait glisser sa petite culotte sur ses jambes et s'en débarrassait.

— Enlève ta jupe s'il te plaît, j'aimerais t'avoir et te savoir nue contre moi.

Elle s'exécuta avant d'enfourcher le fauteuil et, le creux des genoux sur les accoudoirs, elle embrassa Paul langoureusement. Se tenant aux poignées de l'armature métallique, Nina le laissa prendre son sexe et le présenter à l'entrée du sien. Lorsqu'ils se frôlèrent, la jeune femme émit un petit gémissement de surprise, interrompant le baiser.

Il faufila l'extrémité de son pénis entre ses petites lèvres. Nina relâcha les muscles de ses bras et se laissa descendre sur le sexe de Paul, doucement, pour bien sentir ce membre s'immiscer entre ses chairs, l'emplissant de volupté. Tout en embrassant Nina sur la poitrine, dans le cou, et partout où il avait directement accès dans cette position, Paul prit la jeune femme par les hanches et l'aida dans ses mouvements de flexions et d'extensions des cuisses, pour alléger et partager son effort. Nina sentait parfaitement cette colonne de chair plonger en elle, ainsi qu'une délicieuse sensation de bien-être qui l'envahissait depuis son vagin, formant une boule au creux de son bas-ventre, et qui commençait à se propager dans tout son corps.

Paul avait l'impression de revivre le jour qui avait marqué son passage à l'adolescence, quand, pour la première fois, il avait goûté au plaisir charnel, alors qu'il se caressait innocemment, intrigué par l'appendice dur qu'il avait entre les jambes. Il avait senti une étrange sensation l'envahir, des picotements avaient pris naissance tout autour de son sexe, pour se diffuser dans ses jambes puis dans son ventre et son torse.

Ses jambes aujourd'hui ne ressentaient plus rien, mais cette sensation extraordinaire qu'il n'avait connue que comme l'amorce de sa première éjaculation, se répétait après sept ans d'inactivité sexuelle. C'était comme s'il redécouvrait qu'il avait la capacité d'éprouver une jouissance physique, et qu'il n'était plus condamné à ne connaître que des satisfactions cérébrales, fruits de résultats et de réussites scientifiques.

Il se sentait comme irradié par une vague, un déferlement d'endomorphine, d'adrénaline, qui le submergeait complètement. Il se noyait dans un océan de délectation et d'euphorie. Malheureusement, sa trop longue période d'abstinence forcée, ajoutée à la forte excitation qu'il éprouvait en ce moment en elle, allait avoir raison de son endurance. Et il ne voulait en aucun cas décevoir Nina, surpris par une jouissance prématurée.

Il retint ses mouvements et se retira subitement d'elle. Elle poussa un petit cri de mécontentement à cet arrêt, et le regarda dans les yeux d'un air plaintif. Il lui demanda d'un ton presque implorant :

— Une petite pause, s'il te plaît, sinon je ne vais pas tenir longtemps.

Elle sourit face à cette marque d'attention.

— Changeons de position alors.

C'était comme une première fois, l'expérience en plus. Elle se redressa et descendit du fauteuil. Paul se tenait au rebord de la fenêtre pour que les roues ne bougent pas, tandis que Nina venait s'asseoir sur lui, lui tournant le dos. Elle prit ses jambes inertes et les rapprocha l'une de l'autre pour pouvoir caser ses propres pieds de chaque côté de l'assise. Les bras tendus, agrippant les accoudoirs, elle se tenait accroupie au-dessus de Paul.

Il prit à nouveau son sexe dans sa main droite, et le présenta entre les petites lèvres de Nina, qui s'assit sur lui, laissant le cylindre de chair s'introduire pour la seconde fois tout en elle. Paul promena ses mains dans le dos de la jeune fille, puis il les envoya se poser sur sa poitrine.

Alors qu'elle se cambrait pour plaquer ses omoplates contre le torse de Paul et renverser sa tête dans le creux de son cou, elle lui souffla dans l'oreille, d'une voix entrecoupée par sa respiration saccadée :

— Et cette fois, vas-y, ne te retiens pas, va jusqu'au bout s'il te plaît !

Il ne répondit pas et embrassa sa nuque moite alors qu'elle plaçait ses mains sur les siennes pour guider ses caresses. Paul abandonna un moment sa poitrine pour déplacer ses doigts sur l'épiderme doux et frissonnant de la gorge jusqu'au pubis de la jeune fille. Nina leva les bras et les envoya derrière sa tête dans un grand coup de reins, afin d'agripper le dossier du fauteuil.

Paul ne tarissait plus d'enlacer et d'effleurer le corps de Nina qui se déhanchait furieusement sur leur union charnelle. La volupté de l'étreinte rendait les corps lascifs glissants de sueur. Les deux amants se mêlaient entièrement l'un à l'autre ; leur corps, leur odeur, leurs sécrétions, leurs râles et leurs gémissements, étaient témoins de leur amour. La vague d'euphorie les regagna très vite après cette brève interruption qui les fit changer de position, inondant leur corps d'une effusion explosive de plénitude corporelle. Comme un virus les infectant, envahissant chaque petite cellule de leurs êtres et les rendant fous d'extase, dépendant de cette drogue naturelle, l'alchimie du plaisir prenait forme en eux.

Paul sentait monter en lui une tension incroyable, prête à imploser. Autour d'eux, l'orage avait redoublé d'intensité. Et comme pour accompagner l'union des deux corps qui s'attiraient irrémédiablement, le ciel pénétrait la terre de ses puissants éclairs sans faiblir.

La cadence des élans de Nina allait en s'accentuant, son emballement était effréné, voire furieux. Elle sentait la boule de nerfs dans son ventre se délier et enfler de plus en plus, à la façon d'un ballon que l'on gonfle tant et plus jusqu'à éclatement. Dans son ventre, elle devinait le sexe au bord de la rupture, tendu au maximum.

Subitement, cette boule d'énergie se brisa dans une explosion de jouissance, l'irradiant de la tête aux pieds. Son corps entier se raidit. Un long râle sans retenue s'échappa de sa gorge tendue. Ses ongles pénétrèrent le cuir du fauteuil. L'orgasme prenait possession d'elle toute entière.

Vidée de toute force en une fraction de seconde, tous ses muscles se relâchèrent, mais Paul, qui la tenait encore par les hanches, l'obligea à la seule force de ses bras, à garder le rythme, voire à l'accroître un peu plus encore. Nina se sentait à présent toute molle, inerte, comme une vulgaire poupée de chiffons entre les mains du jeune homme. Elle se laissait maintenant investir sans contribuer à l'union.

Brusquement, Paul resserra son étreinte autour de la taille de Nina, ses doigts s'imprimant dans la peau délicate, en poussant un gémissement d'effort. Appliquant le bassin de la demoiselle d'un geste sec tout contre son bas-ventre, il la plaqua contre lui, l'attirant en arrière, se fichant ainsi au plus profond de son être dans le fracas de la foudre frappant la terre.

La libération de sa jouissance le délivra d'une frustration trop ancienne qu'il brisa dans un cri proche d'un rugissement. Son orgasme le transplanta hors de son fauteuil. Avec un sentiment aérien de légèreté, son corps flottait au milieu d'un océan de bien-être entre nuages de caresses et rayons de chaleur. Tous ses muscles se relâchèrent alors également d'un coup et Nina se laissa retomber sur lui.

A l'extérieur, l'orage s'était calmé dans un ultime grondement assourdissant, laissant place au crépitement régulier d'une pluie battante.

Paul enlaça Nina et l'embrassa lascivement dans le cou. Il soupira.

Malgré son envie irrépressible de lui demander ce qu'il ressentait, elle attendit, le laissant savourer.

En lui caressant le ventre, il lui avoua :

— Je dois te remercier… te remercier pour ce que tu m'as apporté. Tout ce que tu as pu m'apporter depuis que tu es entrée dans ma vie. Je n'avais rien éprouvé de tel, je n'avais plus ressenti quoi que ce soit depuis mon accident. Et grâce à toi, je sais que je peux encore profiter de la vie, que tout n'est pas perdu. Merci.

Nina pivota d'un quart de tour et le regarda en souriant. Elle prit son visage entre ses paumes et déposa un baiser sur des lèvres qui affichaient pour la première fois un sourire plein de sincérité et de félicité.

— Bien sûr que rien n'est perdu. Tu as la vie, le talent et la volonté avec toi.

— Et je t'ai, toi… , ajouta-t-il.

— Mais tu pars…

Paul baissa les yeux.

Elle le força à la regarder en face.

— Mais je suis sûre que c'est là-bas que tu obtiendras ce que tu veux et ce dont tu as besoin pour y arriver.

— Et quand je reviendrai, on ne fera plus l'amour dans ce maudit tas de ferraille. Je pourrai te prendre dans mes bras et te porter jusque dans mon lit.

— Ce n'est pas ça qui m'importe. Fais-le pour toi. Debout ou pas, mon amour reste le même.

— Et si tu veux toujours de moi, tu pourras toujours venir me rejoindre quand tu auras terminé ton cursus. Je te garderai une place dans mon équipe comme programmeuse ! plaisanta-t-il.

Nina ne fit que sourire à cette proposition spontanée. Au fond d'elle-même, elle ressentait une profonde amertume. Elle ne croyait pas à ce genre de promesses. Pour elle, l'amour à distance n'était qu'une immense farce, une façon hypocrite de dire qu'on avait quelqu'un même si on se sentait aussi seul qu'un célibataire. Elle avait besoin d'un contact omniprésent. Pour le moral, l'amitié suffisait. Seule une relation amoureuse apportait ce plus physique, par rapport à une relation amicale. Et pour cela, l'amant devait être présent.

Paul fit tourner son fauteuil et le fit rouler jusque dans sa chambre. Nina se laissa conduire, accrochée à son cou. Il s'arrêta près du lit dans lequel elle se glissa. Elle remit sa petite culotte qu'elle avait ramassée au passage.

Paul se hissa sur ses bras pour s'asseoir sur le rebord du matelas. Nina se faufila derrière lui et lui retira sa chemise déjà déboutonnée ainsi que son maillot. Il se débarrassa de son pantalon avant de saisir ses jambes et les monter sur le lit. Paul s'allongea et Nina le recouvrit du drap, puis se blottit contre lui, la tête posée sur son torse. Il s'endormait déjà, l'effort avait dû être particulièrement intense. Elle ferma les yeux et s'imprégna de leurs odeurs mélangées.

27

Nina se réveilla la première, au petit matin, caressée par les premiers rayons du soleil que la fenêtre aux rideaux restés ouverts laissait entrer. Elle se leva et se rendit à la salle de bain, récupérant au passage ses vêtements qui traînaient dans le salon.

Pendant que son bain coulait, elle retira sa culotte et remarqua qu'elle était tachée. Il s'agissait là d'un rappel concret, attestant du plaisir non simulé de leur union.

Non, tu n'as pas rêvé ma cocotte !

Elle se sentit alors étrangement bien malgré la déchirante décision qu'elle s'apprêtait à prendre.

L'eau chaude du bain la détendit, elle ne pensa à plus rien d'autre que leur communion corporelle. Au sortir de la salle de bain, elle passa devant la chambre à la porte entrebâillée, un pincement certain au cœur.

Non, elle ne pouvait se résoudre à disparaître de la sorte. Sur la pointe des pieds, elle s'approcha de Paul encore endormi, priant pour que son baiser ne le réveille pas comme la première fois.

Elle s'accroupit au bord du lit et passa sa main dans ses cheveux ébouriffés. Il dormait paisiblement, affichant un visage serein. Son désir le plus fort était de s'allonger à nouveau contre lui, sentir la chaleur de son corps envahir le sien. Se réveiller à deux et prendre le petit déjeuner ensemble. Faire l'amour à nouveau. Rester près de lui. L'aimer.

Elle joignit ses lèvres aux siennes sans hésiter, oubliant sur l'instant sa peur de briser son sommeil. Elle se redressa, rouvrant des yeux humides et quitta la maison sans se retourner.

La porte d'entrée fut franchie avant que la première larme n'ait atteint sa joue.

Edité par
Johan Duval
France – 4ème publication Octobre 2015

Du même auteur :

L'instant animal
(recueil de photos)

Tempus Mortuorum
Tome 1 : Sweet Home
(roman)